LENDAS E ROMANCES

Bernardo Guimarães (1825-1884)

LENDAS E ROMANCES
Bernardo Guimarães

Edição preparada por
HÉLIO DE SEIXAS GUIMARÃES

wmf **martinsfontes**

SÃO PAULO 2006

Copyright © 2006, Livraria Martins Fontes Editora Ltda.,
São Paulo, para a presente edição.

1ª edição 1871
B. L. Garnier
3ª edição [1945]
Tipografia Rossolillo
4ª edição 2006

Acompanhamento editorial
Helena Guimarães Bittencourt
Preparação do original
Ana Maria de O. M. Barbosa
(atualização ortográfica)
Revisões gráficas
Sandra Garcia Cortes
Sandra Regina de Souza
Dinarte Zorzanelli da Silva
Produção gráfica
Geraldo Alves
Paginação
Moacir Katsumi Matsusaki

*Foto de Bernardo Guimarães reproduzida
a partir de* Sonetos brasileiros, *vol. 2, p. 67 –
Seção de Iconografia da Biblioteca Nacional.*

Dados Internacionais de Catalogação na Publicação (CIP)
(Câmara Brasileira do Livro, SP, Brasil)

Guimarães, Bernardo, 1825-1884.
Lendas e romances / Bernardo Guimarães ; edição preparada por Hélio de Seixas Guimarães. – 4ª ed. – São Paulo : WMF Martins Fontes, 2006. – (Contistas e cronistas do Brasil)

ISBN 85-60156-06-2

1. Contos brasileiros 2. Crônicas brasileiras I. Guimarães, Hélio de Seixas. II. Título. III. Série.

06-6153   CDD-869.93

Índices para catálogo sistemático:
1. Contos : Literatura brasileira 869.93
2. Crônicas : Literatura brasileira 869.93

Todos os direitos desta edição reservados à
Livraria Martins Fontes Editora Ltda.
*Rua Conselheiro Ramalho, 330 01325-000 São Paulo SP Brasil
Tel. (11) 3241.3677 Fax (11) 3101.1042
e-mail: info@martinsfontes.com.br http://www.martinsfontes.com.br*

COLEÇÃO
"CONTISTAS E CRONISTAS DO BRASIL"

Vol. X – Bernardo Guimarães

Esta coleção tem por objetivo resgatar obras de autores representativos da crônica e do conto brasileiros, além de propor ao leitor obras-mestras desse gênero. Preparados e apresentados por respeitados especialistas em nossa literatura, os volumes que a constituem tomam sempre como base as melhores edições de cada obra.

Coordenador da coleção, Eduardo Brandão é tradutor de literatura e ciências humanas.

Hélio de Seixas Guimarães, que preparou o presente volume, é professor de Literatura Brasileira na FFLCH-USP, autor de *Os leitores de Machado de Assis – o romance machadiano e o público de literatura no século 19* (Edusp/Nankin).

ÍNDICE

Introdução IX
Cronologia XLI
Nota sobre a presente edição XLVII

LENDAS E ROMANCES

Uma história de quilombolas 3
A Garganta do Inferno – Lenda 143
A dança dos ossos 199

INTRODUÇÃO

Entre lendas e romances, o conto de Bernardo Guimarães

A simplicidade e singeleza do título, *Lendas e romances*, não faz suspeitar o interesse histórico e literário destas páginas. As três narrativas do livro, publicado pela primeira vez em 1871, são marcadas pela tensão entre o registro oral da lenda e o registro escrito do romance. Da tensão entre esses dois modos de narrar, associados a tempos e mundos diversos, emergiria um novo gênero – o conto –, praticado no Brasil já a partir da década de 1840 e no qual Bernardo Guimarães foi um dos pioneiros em sua versão regional/regionalista.

Temos neste volume três das principais produções de Bernardo Guimarães no gênero, o que já seria suficiente para conferir interesse histórico às narrativas aqui reunidas: "Uma história de quilombolas", "A garganta do inferno" e "A dança dos ossos". A dificuldade de aclimatação e adaptação das formas literárias importadas à matéria local, tão sentida pelos primeiros ficcionistas e tão discutida pela crítica literária brasileira em relação ao romance, também vale para esse outro gênero, como se pode notar pela leitura dos contos.

Os conflitos entre o mundo oral e o escrito, que se desdobram na justaposição nem sempre harmoniosa entre o fabuloso e o documental, foram vividos e expressos de maneiras diferentes pelos românticos brasileiros, que buscaram conformar à modernidade do romance e do conto conteúdos arcaicos, inspirados nas narrativas recolhidas das tradições indígenas e sertanejas. Considerado precursor do romance regionalista, Bernardo Guimarães também cuidou de levar a paisagem e os costumes do sertão de Minas e de Goiás para suas narrativas curtas, reunidas neste volume e, no ano seguinte, em *História e tradições da província de Minas Gerais*.

Para além das fontes folclóricas, Bernardo Guimarães também se embebeu das narrativas literárias de extração popular, que lhe servem de modelo e inspiração. Ao contrário da maioria dos seus contemporâneos brasileiros, Bernardo Guimarães parece nunca ter tido vergonha de lançar mão de todos os recursos, mesmo os mais previsíveis, desde que fosse para atingir e agradar ao público. O resultado às vezes são histórias canhestras, com lances absolutamente inverossímeis, mas de enorme e inegável apelo e encanto. É o caso de *A escrava Isaura* (1875), sua obra mais famosa, embora não a melhor, e não por acaso romance-matriz do mais popular produto de ficção jamais produzido no Brasil, a telenovela, que no século XX inverteu o fluxo internacional da produção e do consumo ficcionais. De tradicional importador de formas e enredos, o Brasil tornou-se na década de 1970 exportador de ficção, tendo como marco o estrondoso sucesso internacional da sofrida escrava branca, criada por Bernardo Guimarães um século antes.

Os romances populares, "com que nossas avós tanto sabiam embalar a imaginação das crianças", como escreve o narrador de uma das histórias deste livro, "A garganta do inferno", constituem importante matriz literária do escritor e também de suas personagens. Exemplo disso são as citações diretas ou indiretas da mitologia grega e de *Carlos Magno e os doze pares de França*; este, aliás, é a matriz distante da caracterização do personagem Anselmo, que aparece como cavaleiro e menestrel aclimatado aos trópicos, cantarolando uma modinha montado no seu corcel negro. As aventuras de Carlos Magno, que ao longo de todo o século XIX incendiaram imaginações pelo Brasil afora, surgem como integrantes do repertório ficcional do líder do quilombo, Zambi Cassange, o que indica a assimilação – empiricamente comprovada – dessas narrativas pelo imaginário afro-brasileiro[1].

Além das fontes arcaicas e antigas, o escritor também se deixou impregnar pelas narrativas do seu tempo. Nas páginas de Bernardo Guimarães, é quase exemplar o modo como aplica às suas histórias esquemas e procedimentos do romantismo, a começar pela valorização extrema do universo popular[2]. Tam-

---

1. Cf. MEYER, Marlyse. "Tem mouro na costa ou Carlos Magno 'reis' do Congo". In: *Caminhos do imaginário no Brasil*. 2ª ed. São Paulo: Edusp, 2001.

2. Para um bom apanhado histórico das origens e evolução do conto no Brasil, ver a "Introdução" de Barbosa Lima Sobrinho para o volume *Os precursores do conto no Brasil*, da coleção "Panorama do conto brasileiro". (Rio de Janeiro: Civilização Brasileira, 1960).

bém é romântica a oposição hugoana entre o grotesco e o sublime, incorporada nas figuras da bela Florinda e da monstruosa mãe Maria, contraste que no romance mais famoso, *A escrava Isaura*, se fará entre a bela Isaura e o horrendo e deformado Belchior. Perfeitamente românticos são alguns ardis narrativos, como a prova de identidade inscrita nos corpos dos heróis: o pacto de lealdade a certa altura firmado entre o quilombola Zambi e o mulato livre Anselmo se faz por meio de uma incisão no peito esquerdo, do mesmo modo como a identidade de Isaura é comprovada pelo desenho de uma asa de borboleta gravada sobre o seio. Romântica é a busca do registro fiel da fala das personagens, com suas marcas regionais e dicções estilizadas de acordo com sua origem e pertença, bem como a mensagem edificante, ventilada aqui e ali, e a adjetivação convencional, que está em toda parte num mundo onde a campina é "aprazível e risonha" e o despenhadeiro, "medonho e vertiginoso". Clichês recorrentes que levaram Monteiro Lobato, não sem razão, mas talvez com pouca boa vontade, a dizer que Bernardo Guimarães "descreve a natureza como um cego que ouvisse contar e reproduzisse a paisagem com os qualificativos surrados de mau contador. Não existe nele o vinco enérgico da impressão pessoal. Vinte vergéis que descreva são vinte perfeitas e invariáveis amenidades. Nossas desajeitadíssimas caipiras são sempre lindas morenas cor de jambo"[3].

A prosa de Bernardo Guimarães, de fato, não teme o lugar-comum nem a mistura de gêneros e registros. Daí suas incursões freqüentes pelo domínio do melodrama, sem pudor de colocar herói e cavalo pendurados numa pirambeira, congelados providencialmente numa espécie de *tableau vivant*, enquanto os inimigos se aproximam; tudo para que o herói, no último segundo, escape incólume de uma situação aparentemente sem saída. Também não há problema em repisar a idéia de que os sentimentos das personagens, de tão intensos, se tornam indescritíveis, e, superando as palavras, inefáveis. Na melhor tradição das narrativas melodramáticas, um *deus ex-machina* está sempre a postos para irromper no momento decisivo, salvando a heroína das garras do vilão, ou então protelando por mais

---

3. LOBATO, J. B. Monteiro. "A vida em Oblivion". In: *Cidades mortas*. 24ª. ed. São Paulo: Brasiliense, 1984, pp. 7-8.

algumas páginas o desfecho feliz e esperado desde as palavras iniciais. É assim com Mateus, o vilão de "Uma história de quilombolas", que à beira do cadafalso acaba salvo por uma bala providencial desfechada contra seu algoz. É assim quando o mesmo Mateus "vibrou convulsivamente a faca sobre o coração da infeliz Florinda", consumação de ato impedida pela irrupção de um salvador, que no último instante intercede pela vida da heroína.

Em alguns momentos, a carga visual com que se descrevem as ações das personagens lembra não só o melodrama teatral, matriz ficcional de muitas narrativas românticas. Remete também às modernas histórias em quadrinhos e aos desenhos animados, tamanho o exagero das ações, que nenhum ser de carne e osso seria capaz de desempenhar e suportar. É a esse universo que parece pertencer a movimentação do cavalo do herói, "que trepava rochedos, saltava buracos e descia abismos com a presteza e agilidade do cabrito montês", equilibrando-se com as quatro patas num espaço tão exíguo que mal acreditaríamos caber ali um rato. Nenhum outro momento é tão ilustrativo disso como a cena do resgate de Florinda, que se dá com o seguinte ato heróico do Zambi Cassange:

Apenas acabara de pronunciar estas palavras, um vulto colossal, escorregando de cima do rochedo, veio cair em cheio ao pé dele, e sem dar tempo a que fizesse o menor movimento, com uma das mãos arranca-lhe a faca, com a outra toma a si a rapariga, como quem carrega uma boneca, e com a ponta do pé atira o cabra fora do assento em que se achava, e o faz cair de bruços.

A certa altura, muda o registro, e a história pende para os contos de fadas, tamanha a irrealidade dos fatos narrados. Não se pode atribuir a outro universo ficcional a recepção que o governador faz a Anselmo e Florinda em "Uma história de quilombolas". A autoridade máxima da província de Minas Gerais não só aceita sem mais nem menos as pouco ortodoxas resoluções do rapaz, incluindo a de romper o acordo anteriormente feito com o governador de capturar o Zambi e seus companheiros, mas também abre o palácio para que os noivos se refestelem, enquanto esperam pelo dia do casamento a ser apadrinhado pelo governador e sua mulher. Matriz secundária no conto que abre o romance, o conto de fadas dará a coloração principal ao conto seguinte, "A garganta do inferno", como veremos.

A fábula de tonalidade rósea convive sem pejo com as descrições cruentas, como a de um enforcamento em que o quilombola Zambi Cassange arremata o trabalho do algoz "calcando-lhe os ombros com os pés". Cena brutal que lembra aquela de *Quincas Borba* em que um algoz executa o mesmo ato. O esmero realista de Bernardo Guimarães inclui não só a descrição minuciosa dessa execução "informal", na qual as vítimas são os traidores de Zambi Cassange, mas também a de uma execução capital realizada com toda a pompa e circunstância – e com a assistência do Estado e da Igreja. Nesse momento, o homem da lei e cristão que foi Bernardo Guimarães chama a atenção para os limites e a hipocrisia das instituições religiosas e legais.

O ecletismo, tão notável aqui, é marca da prosa de Bernardo Guimarães. Numa de suas melhores narrativas, o romance *O ermitão de Muquém*, o escritor consciente e até programaticamente mistura os tons – do romance realista e de costumes ao lirismo indianista ao tom grave e solene que dará vazão ao misticismo cristão que, mais cedo ou mais tarde, sempre comparece em sua prosa.

Diante da oscilação de tons e no calor da desenfreada movimentação do enredo, o leitor às vezes compartilha o aturdimento da heroína, que, assediada por três homens, a certa altura olha assombrada para uma cena, sem a compreender, "como quem se achava num mundo estranho povoado de fantasmas e duendes". De fato, às vezes somos abruptamente lançados da minúcia geográfica a um mundo fantasioso povoado por bruxas e príncipes encantados, volta e meia citados nestas histórias.

Esses solavancos na passagem do registro realista ao da fantasia desbragada, tão característicos da ficção romântica brasileira, como já apontou Antonio Candido, aparecem aqui de maneira exemplar.

Além de nos colocar diante do embate do escritor em suas dificuldades para a nacionalização e regionalização de um novo gênero, estes contos também têm grande interesse para a história social brasileira. Não só pelo que trazem de fatos, personagens e situações encontráveis e comprováveis nos textos de história, mas pelos conflitos profundos que, embora muitas vezes não nomeados, aparecem inscritos nas entrelinhas e sublinhas das três narrativas reunidas aqui.

A começar por "Uma história de quilombolas", que por décadas esteve fora de circulação. A edição mais recente de *Lendas e romances* data de meados dos anos de 1940, e essa história, ao contrário de "A dança dos ossos", não parece ter figurado em nenhuma das antologias do conto brasileiro feitas nos últimos anos. O conto que abre o volume hoje pode ser lido com muito proveito também à luz do que a historiografia recente tem revelado sobre a vida e a organização dos quilombos oitocentistas, que constituem aqui matéria de ficção.

Assim, é verdade que existiram muitos quilombos nas imediações de Vila Rica, onde se localiza o grupamento liderado pelo Zambi Cassange. Uma figura importante na trama ficcional, o capitão-do-mato, de fato se institucionalizou no Brasil colônia, com seus poderes especiais para capturar, transportar e devolver escravos a seus senhores. Também há comprovação empírica da relação entre os quilombos e o mundo circundante, que tanto a ficção como a historiografia mostram não terem sido realidades apartadas; pelo contrário, existia muito mais permeabilidade entre o mundo paralegal dos quilombos e a sociedade legalizada do que se imaginava até há pouco tempo, quando historiadores passaram a se debruçar sobre o assunto[4]. Essa transitividade entre quilombos e mundo externo fica indicada em mais de um momento da narrativa, como aquele em que o capitão diz a Anselmo, o herói da história, que vai dar parte do quilombo ao Sr. Governador, pedindo-lhe auxílio e providências para acabar com os quilombolas, ao que replica o herói:

> É tempo perdido, senhor capitão. Há muita gente graúda que capeia esses malditos e se enriquece por meio deles. Não falta quem os avise, e nunca podem ser agarrados. Se nós mesmos não fizermos diligências, e nos fiarmos no governo de Vila Rica, estamos bem aviados.

Ou então quando o narrador informa:

> Os quilombolas tinham de feito intermediários que especulavam com eles, e por meio

---

4. REIS, João José e GOMES, Flávio dos Santos (orgs.). *Liberdade por um fio* – história dos quilombos no Brasil. São Paulo: Companhia das Letras, 1996. O livro contém uma série de artigos sobre os quilombos na história do Brasil, desde o lendário Palmares até as várias outras formações quilombolas que proliferaram pelas mais variadas regiões do Brasil nos séculos XVIII e XIX.

dos quais faziam grandes transações de compra e venda, e esses intermediários, não poucas vezes, eram pessoas que gozavam de vantajosa posição na sociedade.

E ainda ao dizer que, diante da impotência do governo para protegê-los, muitas vezes os donos de tropa e fazendeiros "estipulavam com os chefes de quilombo, obrigando-se a pagar-lhes uma certa contribuição, para que os não incomodassem".

Compartilhando o senso etnográfico tão comum entre os escritores românticos, Bernardo Guimarães demonstra nestas páginas sensibilidade lingüística para incorporar à sua ficção a linguagem e os termos associados aos povos e tipos representados. Uma série de vocábulos de línguas africanas, sobretudo do quimbundo e do quicongo, muito provavelmente faz aqui sua estréia na prosa de ficção brasileira: malungo, sambanga, eleguara, mandinga, caborje, pango, candonga, quizila, banzar, capiangar...

Apesar dos dados de realidade e da precisão inicial com que situa o tempo e o espaço da narrativa, perfeitamente enquadráveis histórica (o ano é 1821, às vésperas da Independência) e geograficamente (o espaço da ação está num raio máximo de seis léguas em torno de Vila Rica), as evocações "daqueles tempos" e "daquelas eras" aos poucos vão cobrindo de brumas a narrativa. O investimento na precisão histórica e geográfica, que existe, não é pouco nem acessório, vai sendo esfumaçado pela adjetivação de carga fortemente valorativa e subjetiva, de modo que o romance das primeiras páginas chega ao final carregado do tom da fábula, da lenda, sem deixar, como veremos, de pagar tributo a questões sócio-históricas.

O drama das cores e a emergência do herói mulato

O tema da escravidão associada ao negro, idéia recalcada, mas sempre latente na prosa romântica, várias vezes atinge o primeiro plano da narrativa com Bernardo Guimarães, a quem já foi atribuído o epíteto de "romancista da abolição". Mas mesmo na sua obra, que de fato diversas vezes se ocupou do assunto, a escravidão comparece com deslocamentos e atenuações que sugerem a dificuldade do escritor romântico para abordar o tema de frente, e em cheio. Da mesma maneira como Isaura só é escrava por acaso, porque branca, "Uma história de quilombolas" não encena a sujeição do negro ao branco, mas do negro ou mulato ao negro, como fica patente na submissão do cabra Mateus e dos quilombolas ao chefe supremo do quilombo, o até certo ponto implacável Zambi Cassange. Aos negros, como era de praxe na literatura romântica, e para além dela, estão associados os apetites libidinosos, a irracionalidade e o pendor para a feitiçaria. Esses estereótipos também comparecem na obra de Bernardo Guimarães, em que são muito freqüentes as comparações implícitas e explícitas entre negros e animais, tão comuns na literatura do período.

Apesar da série de termos depreciativos associados a Zambi Cassange e aos quilombolas (cáfila, chusma, canibais, malvados bandidos, corja, matilha de cães doutrinados, farejadores), ao longo da narrativa há uma nítida mudança de disposição do narrador em relação a eles, que acompanha a mudança de posição do herói diante dos quilombolas. Zambi Cassange é demonizado pelo narrador até o momento em que declara sua fé em Deus e aceita o crucifixo dado por Anselmo. A partir da explicitação do seu catolicismo, o chefe dos quilombolas é reabilitado diante dos olhos de Anselmo, do narrador, do leitor e de toda a cidade de Vila Rica, que ao final chega a levantar vivas a Cassange.

A conciliação entre brancos e negros, a princípio inimigos, será selada pela cruz cristã, panacéia para os conflitos e amálgama poderoso das fraturas sociais durante o período romântico. Conciliação promovida pelo mulato Anselmo e abençoada pela cruz que ele e o negro Zambi Cassange cingem na testa um do outro.

Brancos, mulatos e negros: a cor das personagens é muito enfatizada, por recursos vários, o que faz de "Uma história de quilombolas" um drama de cores. A questão emerge logo no início da história, quando Zambi, diante do mulato Mateus, declara: "Não tenho muita fé em gente desta cor." A desconfiança será recorrente em todo o conto, certamente um dos primeiros da literatura brasileira a ser protagonizado por mulatos e negros que não aparecem apenas demonizados. O triângulo amoroso formado por Mateus, Florinda e Anselmo é todo mulato. São esses dois cabras e bodes, termos designativos da mestiçagem e que aparecem em profusão na história, que ao disputarem a mesma mulher se tornam os elementos perturbadores do equilíbrio instável estabelecido entre o mundo dos negros, representado pelos quilombos, e o dos brancos, encarnado na figura um tanto patética do governador-geral D. Manuel de Portugal e Castro. Interessante é que aqui, talvez pela primeira vez na literatura brasileira, os mestiços aparecem também como solucionadores dos conflitos entre brancos e negros e como esperança de futuro feliz, na medida em que a história acaba com a união promissora do mulato livre Anselmo com a escrava Florinda.

Difícil não ler como alegoria a trajetória e o destino de Anselmo. Em pleno ano de aprovação da Lei do Ventre Livre, passo decisivo para o início do longo processo de desmonte da escravidão no Brasil, Bernardo Guimarães publica essa história protagonizada por um herói mulato, filho de escrava e livre ao nascer. "Forro na pia", como aparece caracterizado. A expressão, corrente no século XIX, faz referência a um sistema em que a criança conseguia a alforria por intervenção do pai biológico ou de um padrinho, que oferecia a soma para a compra da liberdade[5]. No caso de An-

---

5. MOURA, Clóvis. *Dicionário da escravidão negra no Brasil*. São Paulo: Edusp, 2004.

selmo, ligeiramente embranquecido – "Posto que de tez clara, todavia pela aspereza de seus cabelos negros e crespos, se conhecia claramente que tinha nas veias sangue africano" –, não sabemos ao certo como lhe veio a alforria, mas não há dúvida de que a narrativa promete um futuro feliz aos escravos libertados ao nascer.

Comentários mais ou menos cifrados à "instituição nefanda" comparecem também na nomeação do cavalo do herói, aquele que se move como personagem de desenho animado e terá participação decisiva na história. Ele é chamado cabiúna, designativo tanto da cor escura da madeira da cabiúna, como do escravo desembarcado clandestinamente no Brasil, depois da lei que, pelo menos na letra, suprimira o tráfico. Sem seu fiel cavalo/escravo, que numa das cenas mais dramáticas do conto ele acaba sacrificando, Anselmo era um homem de pés e mãos atadas, e só conseguirá desvencilhar-se do jugo de Zambi Cassange pela heróica interferência do animal, que ele reconhece pela cor:

> Anselmo levantou a cabeça, e apesar da escuridão da noite, enxergou o animal que havia

parado a alguns passos de distância, e reconheceu que era preto.

– É ele! não pode ser outro! é o meu fiel e valente cabiúna.

A comparação com o servo não demora a ser explicitada. O cavalo que viera livremente resgatar seu dono é arreado por este, que quer dirigir-lhe os movimentos; num átimo, o cavalo se indigna, "mas enfim, como servo obediente, acabou por aceitar o freio que seu senhor lhe impunha".

Temos aí, deslocada para a relação do escravo forro e branqueado com seu animal preto, a nomeação da relação entre escravo e senhor. Aí sim ela aparece descrita em termos bastante apropriados, como obediência, sujeição e imposição, que dificilmente se explicitam quando se trata da relação entre senhores e escravos. Mesmo numa história como esta, que mira em cheio a escravidão, notam-se alguns sestros da ficção romântica brasileira no tratamento da escravidão. Entre eles, o de tentar dessassociar escravidão de raça e cor e também o de recalcar o assunto, que muitas vezes reponta em âmbitos impróprios, por exemplo para designar a intensidade dos laços amorosos entre amantes não-negros, como ocorre em Joaquim Manuel de Macedo e em José de Alencar.

A prosa de Bernardo Guimarães, que coloca a questão da cor no centro de várias de suas narrativas, tem um modo peculiar de lidar com o assunto, recorrendo sempre que possível ao branqueamento de negros e mulatos. É assim com Anselmo e também com Florinda, rascunho da figura da escrava branca, cuja versão definitiva será Isaura, no romance publicado em 1875, quatro anos depois do conto. Isaura, ser de rara beleza, tem "uma cor linda, que ninguém dirá que gira em tuas veias uma só gota de sangue africano", como lhe diz a certa altura sua senhora; e sabemos pelo narrador que, "pela correção e nobreza dos traços fisionômicos e por certa distinção nos gestos e ademanes [...] parecia a garça-real, alçando o colo garboso e altaneiro, entre uma chusma de pássaros vulgares."

Compare-se isso com a descrição da heroína de "Uma história de quilombolas", num trecho em que salta aos olhos a profusão de termos que remetem às cores e suas modulações:

> Era com efeito uma linda criatura, e sua bela figura ainda mais sobressaía *à luz de um*

fraco fogo, no meio dos hediondos objetos que a circundavam. Seus cabelos, que estavam soltos, eram compridos, e desciam-lhe em ondas miúdas pelo colo, que naquele lugar onde só se viam através de *quase completa escuridão vultos negros como a noite, quase parecia alvo*. Seus olhos grandes, *pretos como jabuticabas e brilhando no meio das pálpebras arroxeadas* pelo pranto *à sombra de espessas sobrancelhas*, pareciam *dois pombos negros*, espreitando cheios de pavor à porta do ninho o vôo do gavião. As feições, a não serem os lábios carnosos e as narinas móveis, que se contraíam e dilatavam ao arquejo violento de seu coração, *eram quase de pureza caucasiana*. No corpo tinha esse donaire voluptuoso, essas curvas moles e graciosas, que são próprias das *mulatas*. (Grifos meus.)

Juntamente com a ousadia de transformar escravos em heróis e heroínas, as narrativas de Bernardo Guimarães pagam tributo aos preconceitos de raça e cor ao fazer tanto as escravas Florinda e Isaura como o filho de escrava Anselmo passarem por um processo de branqueamento antes de serem alçados à condição de heróis. No refluxo conservador da narrativa, até mesmo o poder absolutista e a tirania de dom Manuel são desculpados pelos seus sentimentos generosos e sua propensão a atos de magnanimidade.

Além do amor de Anselmo por Florinda, que a tudo supera e tudo justifica, o outro grande valor afirmado pela narrativa é a compaixão. É ela que dá o arremate final à narrativa, na cena em que, diante da imagem de Mateus enforcado, Anselmo e Florinda, recém-casados, entram na igreja para rezar pela alma de Mateus Cabra.

A compaixão está em oposição simétrica ao desejo de vingança, motor inicial da história, na medida em que Mateus fugira para o quilombo para se vingar dos "brancos", ainda que ao fim e ao cabo o objeto de vingança fosse Anselmo, seu grande rival na disputa pelo amor de Florinda.

É a capacidade de sentir e sofrer com o outro que leva os "soldados" do governador a perdoar e defender Anselmo diante da sua súbita resolução de soltar os quilombolas e firmar um pacto com o Zambi Cassange; é esse mesmo sentimento que leva o imperador a compreender a completa mudança de posição de Anselmo em relação aos quilombolas.

Florinda, então, é uma flor compassiva: intercede em favor até dos seus piores inimigos, como faz em relação à diabólica mãe Maria e ao desprezível Mateus.

Assim o misticismo cristão comparece na ficção de Bernardo Guimarães, servindo tanto para edulcorar como para deixar à sombra o curioso otimismo diante da miscigenação revelado pelo escritor nesta história de quilombolas, na qual a mistura de raças aparece como algo positivo, e o futuro pertence aos mulatos... ainda que sejam mulatos embranquecidos.

"A Garganta do Inferno", uma lenda sobre os vexames da miséria

"A Garganta do Inferno", anunciada como lenda pelo subtítulo, abre situando a narrativa no espaço – o pequeno arraial de Lavras Novas, na província de Minas Gerais – e no tempo – a ação ocorrera havia século e meio, ou seja, em torno de 1721, como tudo leva a crer. À localização temporal e espacial mais ou menos precisas acrescenta-se a situação das personagens em classes. Num extremo, temos Lina e sua mãe, Gertrudes, que soube com o trabalho das mãos evitar os horrores e os vexames da miséria; no extremo oposto, o moço ricaço, opulento mancebo, escravocrata e filho do guarda-mor, cuja vontade "naqueles tempos, não poderia deixar de ser restritamente obedecida". É ele quem vai possuir e em seguida descartar a pobre moça, exercitando uma inconstância que seria peculiar aos ricos, condensada na fórmula com que o narrador relativiza os sentidos da paixão e do amor em função da posição social: "a paixão no coração dos moços, mormente quando são fidalgos e ricos, é como uma lâmpada exposta a todos os ventos".

Se a inteireza dos valores e dos sentimentos românticos aparecem aí com uma fissura que poderia remeter à quebra das ilusões românticas, a nota moralizante, tão freqüente nas obras de Bernardo Guimarães, também aqui não tarda a soar com nitidez. A heroína, movida pelo instinto sexual e pela ambição material, acaba sem outra saída que não se atirar no poço fundo da gruta que dá título ao conto, lugar comum ao sonho de ouro, ao delírio de amor e à morte. Essa Garganta do Inferno, formada por "grandes rochedos cheios de fendas e anfractuosidades", é símbolo quase explícito da perdição da moça por conta do mal disfarçado desejo carnal, que irrompe junto com a puberdade.

Pertencente à linhagem das heroínas românticas muito bem educadas e preparadas para os misteres burgueses, porém nascidas pobres, Lina pune-se e é punida por ter-se deixado deslumbrar-se pelo ouro e pelas jóias, pelo luxo e pelo regalo. Abandona-se nos braços do amor e da opulência, que a fizeram esquecer-se de tudo, até mesmo da mãe infeliz, que quase a acompanha no mergulho fatal.

Também aqui, a notação realista do início logo cede lugar ao conto de fadas, com as referências a bruxas, dragões, fadas e príncipe encantado. Mas é a mitologia cristã que, de novo, organiza todo o conto, marcado pelo pecado bíblico e por metáforas nada sutis. É uma "serpente de fogo muito grande" que atormenta Lina em seus sonhos, figura traduzida pela mãe como "tentação do diabo", corporificada num falso "príncipe encantado", maculador da pureza e da honra da heroína de 13 ou 14 anos.

A personagem Lina equilibra-se, assim, na tensão entre dois modelos femininos, o da Virgem e o de Eva, mães espirituais e carnais da cristandade, várias vezes evocadas ao longo do conto por sua mãe terrena, Gertrudes. Assim como Eva, Lina é tentada por uma serpente, que aparece no sonho anunciando a queda da jovem pubescente.

Ao final, depois de Lina atirar todo o ouro do seu falso príncipe no abismo para em seguida pinchar-se ela mesma num buraco aparentemente sem fim, a gruta é exorcizada a mando de um bispo. Este, depois de exortar o povo local a entupir o buraco maldito com pedras e entulho, planeja erigir naquele lugar uma igreja. Caberá à religião obturar, sufocando, as fissuras abertas pelas diferenças sociais e pelo desejo carnal e material. Desta vez, não deixa de soar também outra nota, a da ironia e da irreverência do escritor, cristão e autor de famosos versos pornográficos, homem da lei desacreditado das autoridades, que vai plantar sobre a Garganta do Inferno nada mais, nada menos que um templo a Nossa Senhora dos Prazeres!

"A dança dos ossos" e as projeções do medo senhorial

Em "A dança dos ossos" estamos diante de uma história recolhida nos cafundós do sertão. A narrativa principal que, à moda dos "causos", vai incorporando no seu curso digressões e outras histórias secundárias, trata da visão fantástica de um barqueiro chamado Cirino. Numa noite enluarada de sexta-feira, no meio de uma estrada de Goiás, ele vê "uma cambada de ossinhos brancos, pulando, esbarrando uns nos outros, e estalando numa toada certa, como gente que está dançando ao toque de viola". Os ossos acabam por compor um esqueleto inteiro, com caveira e tudo, para espanto do contador de "causos". Ele conta sua visão para o narrador da história, enquanto este atravessa o rio acompanhado de vários caboclos bons e robustos, "dessa raça semi-selvática e nômade, de origem dúbia ente o indígena e o africano" e que não figuram nas estatísticas do Império.

Desde essa observação, feita nos parágrafos iniciais, o narrador demonstra consciência aguda de sua distância do mundo circundante, a começar pela diferença entre o domínio da oralidade, que é o do barqueiro Cirino, e o da escrita, que é o seu. O narrador mesmo chama a atenção para a vivacidade da narrativa do homem do povo em relação à sua escrita: "O velho barqueiro contava esta tremenda história de modo mais tosco, porém muito mais vivo do que eu acabo de escrevê-la, e acompanhava a narração de uma gesticulação selvática e expressiva e de sons imitativos que não podem ser representados por sinais escritos." A tensão entre a velha tradição oral e a emergente tradição escrita, mencionada no início desta apresentação como traço decisivo da prosa bernardiana, é central em "A dança dos ossos", onde aparece com uma boa dose de idealização do narrador culto em relação à prosa sertaneja. Aqui, a nota biográfica ajuda a pensar nessa tensão estruturadora da prosa de Bernardo Guimarães. Homem estudado e cultivado na academia de São Paulo, com trânsito fácil pelos círculos cultos de Ouro Preto e Rio de Janeiro, onde trabalhou na imprensa, Bernardo passou anos importantes da vida adulta trabalhando no sertão de Minas e Goiás. Foi homem da lei – juiz municipal e delegado – em Catalão, Goiás, não por coincidência a pequena cidade de onde parte o narrador para empreender o percurso em que ouvirá a história da caveira dançante. Representante da lei e do poder imperial nos confins do Império, o escritor vivenciou de perto o hiato que separava o Brasil real, esse que ele diz não constar das estatísticas do Império, daquele Brasil idealizado e romanticamente ficcionalizado a partir do Rio de Janeiro por muitos dos seus contemporâneos.

À oscilação entre o escrito e o falado, o popular e o culto, corresponde, em outro nível, a instabilidade entre aparência e realidade, que vertebra o último conto do volume. Do começo ao fim, o narrador desconfia da veracidade da história do barqueiro, ainda que no final, não sem uma ponta de ironia, diga dar pleno crédito a tudo o que o barqueiro lhe contou, esperando que os leitores façam o mesmo. Estudado e desconfiado, o narrador a princípio atribui a visão tremenda do barqueiro à força do medo. Fala por experiência própria, porque certo dia, viajando sozinho por um cerradão fechado, defrontou-se com a visão perfeita de dois pretos carregando um defunto dentro de uma rede. Ao tentar aproximar-se do que via, carregadores e rede se afastavam; estacando, estacavam. Depois de muita hesitação e armando-se da coragem de que dispunha, o narrador resolve investir conta o vulto, para finalmente descobrir ali "uma vaca malhada, que tinha a barriga toda branca – era a rede; e os quartos traseiros e dianteiros inteiramente pretos; eram os dois negros que a carregavam." Enquanto não resolvia o enigma, o narrador fazia cogitações, projetando seus temores sobre a pobre vaca – o defunto resultaria de algum assassinato horrível e misterioso cometido pelos negros, que fariam dele a próxima vítima.

Desfeito o engano, resta a positividade e a concretude do medo. O "causo" remete à experiência real, que tem a ver com o temor do homem branco e livre diante dos negros escravos e ex-escravos. O espectro do escravo violento e vingativo de fato aterrorizou os senhores naquela altura do século, como indica a historiografia mais recente, com respaldo também na produção literária do período. No âmbito da literatura, vale lembrar poemas como "Bandido negro", de Castro Alves, e as novelas reunidas em *As vítimas-algozes*, de Joaquim Manuel de Macedo, que tratam da transformação de escravos em algozes dos seus senhores. No caso de Macedo, que pode ser visto como contraponto ao modo como esses temores são apresentados aqui, à necessidade da abolição parece corresponder um desejo de que ela signifique o desaparecimento sumário e imediato dos ex-escravos da face da terra, ou pelo menos do território brasileiro[6].

---

6. Sobre o medo senhorial em relação aos escravos, ver: AZEVEDO, Célia Maria Marinho. *Onda negra, medo branco: o negro no imaginário das elites no século XIX*. Rio de Janeiro: Paz e Terra, 1987; ALENCASTRO, Luiz Felipe. "Vida privada e ordem privada no Império". In: *História da vida privada no Brasil. Império: a corte e a modernidade nacional*. São Paulo: Companhia das Letras, 1997; e SÜSSEKIND, Flora. "As vítimas-

As assombrações deste último conto projetam sentidos retrospectivos sobre as outras histórias do volume. Aquém e além do fabuloso e do inverossímil, e por meio justamente da fábula e da inverossimilhança, transpiram nesses contos inquietações reais do Brasil oitocentista, assombrados pela escravidão, pelo temor da revolta dos escravos e pelos "vexames da miséria".

A volúpia da ficção

O trânsito entre o mundo popular e o da elite deixou marcas também na linguagem do ficcionista. Muitas vezes, recaiu sobre ele a acusação de ser um escritor sem capricho, desinteressado do acabamento do texto, em que são comuns os lapsos, certa economia vocabular e freqüentes repetições. Seu gosto pela fala popular, com a sintaxe arrevesada e às vezes transgressiva em relação à norma culta, já foi entendido como falta de domínio da língua e também como mero desleixo. A primeira expli-

---

algozes e o imaginário do medo". In: MACEDO, Joaquim Manuel de. *As vítimas-algozes – quadros da escravidão.* São Paulo: Scipione; Rio de Janeiro: Fundação Casa de Rui Barbosa, 1991.

cação parece pouco convincente. O escritor, formado na Faculdade de Direito de São Paulo e professor de gramática, retórica e latim, decerto não ignorava as regras da língua culta. A falta de capricho e o acabamento imperfeito de suas narrativas talvez possam ser creditados com mais propriedade ao entusiasmo pela criação de enredos, muito maior do que pelo apuro do estilo e da forma. De fato, Bernardo Guimarães parece sofrer da volúpia da ficção. Isso responde pelos principais defeitos, mas também lhe salva a obra, de armação muitas vezes frágil, às vezes deliciosamente inverossímil quando não mal acabada, com erros do que hoje se chamaria de "continuidade".

Numa literatura tão programática como a produzida no Brasil durante o Romantismo, a notável espontaneidade de Bernardo Guimarães resulta na comunicação fácil com o leitor. E é essa capacidade, ou estratégia, que torna sua ficção capaz, ainda hoje, de encantar tanto o leitor comum como o leitor interessado nas origens brasileiras da prosa de ficção.

HÉLIO DE SEIXAS GUIMARÃES

CRONOLOGIA

1825. Nascimento de Bernardo Joaquim da Silva Guimarães, a 15 de agosto, no bairro das Cabeças, em Ouro Preto. Filho de João Joaquim da Silva Guimarães e Constança Beatriz de Oliveira.

1829. Muda-se com os pais para Uberaba (MG), onde estuda as primeiras letras.

1832-39. Estuda no Seminário de Campo Belo, atual Campina Verde.

1847. Ingressa na Faculdade de Direito de São Paulo, cidade para onde se muda com seu escravo Ambrósio, que morre em 1851, quando Bernardo está no último ano do curso.

1852. Publica em São Paulo *Cantos da solidão*, seu primeiro livro e sua estréia como poeta. Conclui o curso de Direito e muda-se para Goiás.

1852-54. Exerce os cargos de juiz municipal e delegado em Catalão, Goiás.

1854. Retorna a Ouro Preto, onde ficará até 1858. A partir de 1856, leciona Gramática, Filosofia e Retórica no Liceu Mineiro.

1858. *Cantos da solidão* tem nova edição, publicada no Rio de Janeiro, revista pelo autor e acrescida de *Inspirações da tarde*. Muda-se para o Rio de Janeiro, onde vai colaborar com o jornal *A Atualidade*, juntamente com Flávio Farnese e Lafayette Rodrigues Pereira.

1859. Publicado no Rio de Janeiro o volume *Poesias diversas de Bernardo Joaquim da Silva Guimarães – Seguidas de várias poesias do pai e de um irmão do mesmo*.

1860. Encenado em Ouro Preto o drama *A voz do pajé*, único trabalho de Bernardo Guimarães para o teatro a ser salvo com o texto completo. Bernardo Guimarães teria escrito também outros dramas, como *Os inconfidentes*, *Os dois recrutas* e *As Nereidas de Vila Rica ou As fadas da liberdade*, todos desaparecidos.

1861. O escritor volta para Goiás, tornando-se juiz municipal em Catalão.

1864. Muda-se para o Rio de Janeiro, onde conhece Machado de Assis e o editor B. L. Garnier, que no ano seguinte passa a publicar sua obra. Torna-se cronista político do *Jornal do Commercio*.

1865. Publicado o volume *Poesias de B. J. da Silva Guimarães*, reunindo sua produção poética até então.

1866. Em setembro, começa a ser publicado em folhetim, no jornal *Constitucional*, de Ouro Preto, o romance *O ermitão do Muquém*, que será concluído em junho do ano seguinte. Volta a morar em Ouro Preto.

1867. Casa-se em Ouro Preto, aos 42 anos, com Teresa Maria Gomes, uma grande admiradora de seus versos, então com 17 anos. Bernardo e Teresa tiveram oito filhos: João Nabor, Horácio, Constança, Isabel, Afonso, José, Bernardo Guimarães Filho e Pedro de Alcântara, este último nascido sete meses depois da morte do pai.

1869. *O ermitão de Muquém*, com o título *O ermitão do Muquem*, sai publicado em volume, marcando a estréia de Bernardo Guimarães na prosa de ficção.

1870-72. Leciona no Liceu Mineiro, de Ouro Preto, e no Colégio de Congonhas do Campo.

1871. Publicado no Rio de Janeiro o volume *Lendas e romances*, pelo editor B. L. Garnier.

1872. *O índio Afonso* sai publicado em folhetim no jornal *A Reforma*, do Rio de Janeiro, entre 23 e 31 de janeiro. *O garimpeiro*, seu segundo romance, é lançado em março. *História e tradições da província de Minas Gerais*, que inclui as narrativas "A cabeça do Tiradentes", "A filha do fazendeiro" e "Jupira", tem publicação no Rio de Janeiro, pelo editor B. L. Garnier, que também publica no mesmo ano o romance *O seminarista*.

1873. Sai em volume *O índio Afonso*, acrescido do canto elegíaco "À morte de Gonçalves Dias".

1875. O romance *A escrava Isaura* é publicado no Rio de Janeiro pelo editor B. L. Garnier. Esse é o romance mais reeditado do escritor, com mais de cem edições em português, e também seu livro com o maior número de traduções. A adaptação do romance para telenovela, em 1976, aumentou a popularidade do livro, que ganhou sucessivas reedições e teve sua história conhecida em vários países do mundo. Data do mesmo ano de 1875 o prefácio que acompanha o opúsculo *O elixir do pajé* (ilustração pornográfica), que inclui poemas eróticos assinados pelas iniciais B.G.

1876. Bernardo Guimarães volta a publicar poemas no volume *Novas poesias*, depois de longo período dedicado à prosa. O livro saiu no Rio de Janeiro, pelo editor B. L. Garnier.

1877. Seu filho mais velho, João Nabor, de 9 anos, morre envenenado em Ouro Preto. O editor B. L. Garnier publica, em dois volumes, seu romance *Maurício ou Os paulistas em S. João del-Rei*.

1879. Saem num único volume o romance fantástico *A ilha maldita* e a crônica "O pão do ouro". Esta havia sido escrita e publicada em 1872, juntamente com *O seminarista*.

1883. Sai seu último volume de poemas, *Folhas do outono*. Escreve também *Rosaura, a enjeitada*, publicado no Rio de Janeiro pelo editor B. L. Garnier em 1882 ou 1883.

1884. O escritor morre a 10 de março, aos 59 anos, em Ouro Preto. Deixa a mulher, Teresa, com seis filhos (o mais velho, João Nabor, havia morrido em 1877) e grávida de

Pedro de Alcântara Bernardo Guimarães, batizado em homenagem ao Imperador Pedro II. Deixa inédito *O bandido do rio das Mortes – romance histórico*, que terá publicação póstuma em 1905.

NOTA SOBRE A PRESENTE EDIÇÃO

Esta edição tomou como base a 1ª edição, de 1871 (Rio de Janeiro: B. L. Garnier). Para a preparação do texto, foram feitos cotejos com as duas outras edições do livro, a "Nova edição", de 1900 (Rio de Janeiro: H. Garnier), e a 3ª edição, provavelmente de 1945 (São Paulo: Tipografia Rossolillo; é o volume 32 da "Coleção Excelsior"). Dessa última, que até agora era a edição mais recente, consultamos no Instituto de Estudos Brasileiros (IEB), da Universidade de São Paulo, um exemplar que pertenceu a Hélio Lopes, grande especialista em literatura brasileira do século XIX. As anotações que o professor deixou às margens do texto foram inspiradoras e úteis para a confecção das notas que acompanham esta edição.

As notas indicam algumas variações entre as edições existentes e apontam também possíveis lapsos e equívocos evidentes do autor e dos primeiros editores, que foram corrigidos aqui.

Optamos por abrir notas de rodapé nos casos em que há referência a fatos históricos talvez desconhecidos do leitor contemporâneo, ou para explicar palavras que não constam dos dicionários de fácil acesso e ampla circulação no Brasil, como o Aurélio e o Houaiss.

Em alguns poucos casos, a colocação pronominal que afronta as regras gramaticais foi mantida, também para ilustrar a sensibilidade do escritor para os modos do falar brasileiro. Vale ressaltar, no entanto, que essas ocorrências são raras neste livro, e em geral prevalecem colocações conformes às regras da gramática. Também optamos por manter a pontuação característica do autor, que às vezes parece acompanhar mais o ritmo da fala do que as normas gramaticais.

As variantes (maribondo para marimbondo, encalce para encalço, fuão para fulano) foram mantidas.

Agradeço a Marcelo Guimarães Fernandes, trineto de Bernardo Guimarães, que gentilmente enviou um exemplar da "Nova edição" do livro, a partir do qual foi feita a digitação inicial do texto que aparece neste volume.

LENDAS E ROMANCES

UMA HISTÓRIA
DE QUILOMBOLAS

Capítulo I

– Então, malungo, está comendo tão cladinho!... fala sua verdade, isto não é melhor do que comer uma cuia de feijão com angu, que o diabo temperou, lá em casa de seu senhor?...

– E às vezes nem isso, pai Simão. Laranja com farinha era almoço de nós, e enxada na unha de sol a sol... isto aqui sim, é outra coisa... se eu soubesse já há mais tempo estava cá. Viva o quilombo, meu malungo, e o mais leve tudo o diabo.

– E capitão-do-mato, e forca, Mateus!... você não tem medo? olha que nossa cabeça não anda muito segura em cima do pescoço...

– Qual forca, pai... tolo serei eu, se eles me apanham. Também não sei qual é melhor, se morrer uma vez, ou estar apanhando surra todo o santo dia. Quando menos a gente morre de barriga cheia e sem vergão na cacunda... Ah! que carne gostosa está!... como chama isso, pai Simão?...

– Com efeito!... gente desgraçada que é cativo!... nem sabe o que é presunto... Agora toma lá, come disso também, Mateus.

Pai Simão colocou diante do parceiro uma tigela cheia de azeitonas e um punhado de bolachas.

– Que de frutinha é esta?... nunca vi disto.

– É azeitona, pateta! ah!... também parece que lá na casa de teu senhor não se come senão o triste feijão.

– Você falou a verdade, pai Simão; mas desaforo que a gente atura de branco ainda é pior. Branco diz que raiva de cativo morre no coração. É mentira, pai Simão; eu hei de mostrar que raiva de Mateus fica na ponta da faca, e vai morrer no coração deles. Ah!... se você sabe, pai Simão, desfeita que levei.

– Ora isso está visto; você não vinha para cá à toa. Mas então, conta como foi isso, pai.

– Pois vai escutando, pai Simão. Você conhece bem aquela mulatinha bonita lá de casa, chamada Florinda?...

— Inda você fala!... aquilo é que é mulatinha feiticeira mesmo! e está na mão de branco... forte pena!...

— Pois bem, pai Simão; você não imagina cousa que eu tenho agüentado por amor daquela rapariga; meu coração está preto de raiva. Desde pequenina eu sempre gostei dela. Todo cobre que eu ganhava, eu dava a ela; vestidinho de chita, lenço de seda, e até brinco de ouro, tudo ela ganha de minha mão. Meu senhor mesmo já me tinha prometido que ela não casava com mais ninguém senão comigo. Até aí tudo vai bem. Mas vai senão quando aparece lá um maldito capixaba, um diabo de um mulato pachola, todo engomado e asseadinho, montado num cavalo preto todo arreado de prataria. Pois não é o diabo do rapaz que começa a engraçar-se com a mulatinha, e em pouco tempo me transtorna a cabeça dela. Não passa domingo, nem dia santo, que ele não venha passar o dia lá, conversando com senhor, e o diabinho da rapariga está sempre aí rente com ele. Café, água para beber, fogo para acender o pito, tudo é ela que vem trazer, e ele está aí na sala todo chibante; e eu, que estou enxergando isso tudo, posso ficar com o coração sossegado?... fala, pai Simão.

— Conta sua história, rapaz; eu estou escutando.

Mas a coisa não ficou nisso só, não. No fim de contas ele fala com senhor, que quer forrar Florinda e casar com ela. Ah! pai Simão, quando eu soube do caso, raiva me ferveu no coração; perdi de todo a cabeça. Desfeiteei o moço, e bati muito na rapariga... Eles fizeram queixa a meu senhor, e eu tive de agüentar... ah! pai Simão... não falo, não...

— Desembucha, rapaz; deixa de história...

— Tive de agüentar uma surra de bacalhau, eu, que nunca apanhei nem um coque de meu senhor... Depois de tudo isso ele me jurou que, se eu continuasse, me havia de vender para longe. Oh! a cousa é assim, banzei eu cá comigo, pois vou-me embora; não falta quilombo por esses matos. Arrumei minha trouxa, e aqui estou, pai Simão, às suas ordens para beber sangue de quanto branco há neste mundo.

— Sai daí, bobo; você é pateta mesmo.

— Como assim, pai Simão?...

— Pois você vem embora e deixa Florinda, que fica lá na mão de branco?...

— Mas se ela está embeiçada com o diabo do mulato, e não havia de querer por nada vir comigo.

– Ah! você é sambanga mesmo, rapaz. Pois ela tem querer. Então feitiço não serve de nada?... Quando filha de branco mesmo a gente bota mandinga nela, quanto mais mulatinha. Se você quer, mais dia menos dia Florinda está aí.

– Tomara eu já!

– Pois está dito, rapaz; sossega seu coração.

– Está dito; mas meu coração não sossega, enquanto não beber sangue de branco.

– Você pode beber, malungo; mas agora é melhor tomar um gole disto, que branco chama sangue de Cristo; sempre é melhor do que sangue de branco, que só serve para cachorro.

Dizendo isto, o negro tirou de baixo do jirau, em que se achavam sentados, uma garrafa de excelente vinho do Porto, destampou-a com a ponta da faca e apresentou-a ao companheiro. Este esteve largo tempo com ela empinada.

– Alto lá! bradou pai Simão lançando mão à garrafa. Cuidado, rapaz; olha que ainda não te apresentei ao Zambi, e ele não há de gostar nada de ver você chumbado.

Esta cena se passava, há cerca de 50 anos, debaixo de um ranchinho de capim, no seio de uma furna sombria coberta de mata virgem. Os dois interlocutores, que se achavam sentados sobre um jirau de paus roliços coberto com uma esteira de talos de bananeira, eram, como o leitor já terá adivinhado, dois quilombolas. Mateus, que naquele dia vinha fugido da casa de seu senhor alistar-se na cáfila do famoso Zambi Cassange, era um cabra ainda muito novo, bem feito, bonito e reforçado, porém de má catadura. O outro era um pretinho magro e algum tanto idoso, velho quilombola esperto e matreiro, jubilado em todas as artes e patranhas próprias para despojar os caminhantes e tropeiros, e a limpar as casas dos fazendeiros.

Naqueles tempos, na província de Minas, desde a serra da Mantiqueira até os confins dos terrenos diamantinos, era uma série de quilombos, que eram o flagelo dos tropeiros e dos caminhantes, e o terror dos fazendeiros. As milícias e os capitães-do-mato do governador, a despeito dos esforços que empregavam, eram impotentes para dar cabo deles. Eram como os formigueiros; se aqui extinguia-se um, acolá organizava-se outro com os restos daquele e com uma chusma de outros negros, que incessantemente fugiam a seus senhores, certos de achar agasalho e vida regalada nos covis de seus parceiros quilombolas.

Perto da carrancuda e negra serrania da Itatiaia, distante como quatro léguas do Ouro

Preto, em um vasto grotão sombrio e profundo, coberto de espessíssima floresta, era o quilombo do famoso chefe Zumbi Cassange[1]. Em grotão ou furna que por um declive não muito rápido vai terminar no ribeirão também chamado Itatiaia, é em parte separada do solo superior por uma linha semicircular de rochedos a prumo e às vezes pendidos sobre o abismo, formando lapas fundas e tenebrosos esconderijos, tocas de caitatus e covis de boiciningas e jararacas. Ao longo e por debaixo desses penedos é que se achava aguaritado Cassange com sua gente; suas habitações eram pequenas, cobertas de capim, encostadas aos rochedos ou amarradas aos troncos das árvores, disseminadas em desordem aqui e ali, mas por tal forma que, a um só assovio do chefe, toda a quadrilha pudesse em poucos instantes achar-se reunida.

Encostada à penedia, que fechava o recinto do quilombo, havia uma coberta mais vasta, aberta como as outras, mas rodeada de um tosco parapeito: era a cabana do Zambi. O rochedo aí formava uma grande cavidade, que

---

1. O chefe dos quilombolas será referido com Zambi Cassange, mas aqui (por um lapso?) aparece a forma Zumbi, que remete ao famoso chefe dos Palmares.

dobrava a extensão da residência do chefe. Esta segunda parte, escura e misteriosa, era separada da outra por um tabique de taquaras e ramos, onde apenas havia uma estreita portinhola, e tudo feito com tal arte, que parecia ser simplesmente um matagal de samambaias e taquaras, que cobria a escarpa do rochedo. Entretanto, ali havia uma grande lapa, no interior da qual havia uma mina ou respiradouro, que surgia acima dos penedos, e pelo qual os negros, no caso de serem surpreendidos, poderiam salvar-se com toda segurança, deixando em assombro seus agressores.

No meio da parte exterior do rancho, sentado em um jirau, perto do qual ardia um pequeno fogo, estava Zambi Cassange, embrulhado em sua tipóia, aspirando tranqüilamente baforadas de pango pelo comprido canudo de seu cachimbo de barro. Conversava com dois quilombolas, que eram os seus ajudantes, e que acocorados junto ao fogo de vez em quando lhe ateavam o cachimbo. Era o Zambi um negro colossal e vigoroso, cuja figura sinistra e hedionda se refletia ao clarão do fogo, com as faces retalhadas, beiços vermelhos, e dentes alvos e agudos como os da onça; mas o nariz acentuado e curvo e a vasta testa inclinada para trás revelavam um espírito dotado de muito tino e perspicácia, e de extraordinária energia e resolução.

Já era noite fechada.

– Licença, Zambi Cassange! bradou uma voz de fora do rancho.

– Pode entrar, pai Simão.

Pai Simão entrou conduzindo o seu protegido, o cabra Mateus, que vinha pedir para ser admitido no quilombo.

– O que é que pai Simão quer comigo a esta hora?... ele é raposa velha, sabe farejar ao longe... Há alguma novidade, pai Simão?

– Nenhuma, Zambi; é só este novo parceiro, que entrego e que quer tomar mandinga...

– Está direito!... replicou o Zambi tirando o cachimbo da boca e fitando com atenção o cabra. Mas, pai Simão, olha lá!... acrescentou abanando a cabeça e olhando o cabra com olhos enviesados; não vá ser algum candongueiro, que nos quer entregar?...

– Dou minha cabeça por ele, senhoria, respondeu lestamente pai Simão.

– Não tenho muita fé em gente desta cor; mas vá feito, pai Simão, já que assim tu queres... mas olha bem; se ele não anda direito, aqui não falta pau nem corda.

– Não tem dúvida, senhoria; eu fico por ele.
– Pois então, pai Simão, você, que é padrinho dele, dá a ele a mandinga e juramento já.

Seguiu-se a cerimônia, a que o cabra se sujeitou pacientemente, lançando todavia olhares desconfiados em redor de si. Pai Simão abriu-lhe com a ponta da faca uma leve incisão no peito esquerdo, tirou algumas gotas de sangue, que recolheu em um pequeno saquitel de couro envolto com outros objetos de feitiçaria africana, e depois de bem cozido, o dito saquitel ou caborje foi pendurado por um cordão ao pescoço do cabra. O juramento consistia em horríveis palavras cabalísticas em língua africana, e do qual a tradição não nos deixou a fórmula. Os dois ajudantes do Zambi assistiram de pé e com religiosa atenção àquela sinistra cerimônia, que introduzia mais um neófito no grêmio dos quilombolas do Zambi Cassange.

Capítulo II

Pela estrada que vai do arraial da Cachoeira, onde outrora houve uma caudelaria imperial, para o de Congonhas, célebre por sua romaria do Bom Jesus do Matosinho, um rapaz montado em um lindo cavalo preto galopava cantarolando uma modinha amorosa. Era um moço bem-disposto, de fisionomia agradável, de olhos negros e expressivos; trajava com asseio e esmero, e os arreios de sua cavalgadura cintilavam ao sol, cobertos de prataria. Posto que de tez clara, todavia pela aspereza de seus cabelos negros e crespos, se conhecia claramente que tinha nas veias sangue africano. Em seu semblante risonho e expressivo transluzia a felicidade em toda sua plenitude. O cavalo, caracolando e relinchando através daquelas aprazíveis campinas, aos primeiros raios de uma linda manhã de abril, parecia partilhar as alegrias de seu amo.

Depois de galopar cerca de légua e meia, o moço largou a estrada real e tomou um trilho, que ia ter a uma fazenda que ficava a pouca distância dela. Sempre que aí chegava, com o coração a pular de emoção e de felicidade, a primeira pessoa que avistava era uma linda rapariga de catorze a quinze anos, que sempre impreterivelmente o esperava à porta, com o sorriso nos lábios e os olhos radiantes de prazer.

Desta vez, porém, ao avizinhar-se da fazenda, só viu muita gente, que entrava e saía pressurosamente com ar preocupado e inquieto, e no meio dela o moço procurava debalde com os olhos a rapariga. Sua fisionomia fechou-se de súbito e um cruel pressentimento apertou-lhe o coração. Apenas vai chegando à distância de fala, aparece à janela o dono da casa e grita-lhe de longe:

– E Florinda, senhor Anselmo?... que é feito dela?... não me saberá dar notícias de Florinda?...

Anselmo sentiu gelar-se-lhe o coração, os olhos se lhe escureceram, e quase caiu do cavalo abaixo.

– Pois que sucedeu?... gritou ele com voz trêmula, e arrojando o cavalo com a velocidade do tufão.

– O que sucedeu, meu caro!... anoiteceu e não amanheceu.

– Fugiu?...

– Não, decerto; era incapaz disso. Sem dúvida foi roubada... os malditos quilombolas... O cabra Mateus também já há dias que desapareceu... decerto foi obra daquele malvado... Ela tinha o costume de levantar-se muito cedo, antes que os outros se achassem de pé, e saía a lavar o rosto na fonte... foi por certo nessa ocasião...

– Malditos! exclamou Anselmo. Mas, em qualquer parte que a levem, eu hei de descobri-los, nem que se sumam por baixo da terra. No inferno que vão parar, lá hei de segui-los. São oito horas apenas, continuou consultando o relógio, montado no meu cabiúna ainda posso muito bem alcançá-los. Até breve, senhor capitão.

E o moço, apertando as esporas nos flancos do cavalo, bambeava-lhe as rédeas para partir.

– Não faça tal, bradou o patrão, está doido, homem! olhe que eles são muitos. Depois quem sabe de que quilombo são e que rumo levarão? Há tantos quilombos por esses matos...

– Eu tomarei o rasto.

– Qual rasto!... pois gente a pé deixa rasto por essas serranias?

– Sempre alguma batida hão de deixar no capim, principalmente se são muitos, como vosmecê diz.

– Mas o senhor sozinho nada pode fazer, senhor Anselmo.

– Pois então o que se há de fazer? havemos de ficar de braços cruzados? replicou Anselmo um tanto impacientado.

– Não; de braços cruzados não, meu amigo. Eu vou prometer um grande prêmio... um mil cruzados, dois, três mesmo, ao capitão-do-mato ou a quem quer que me agarrar o cabra Mateus... é ele quem nos há de dar conta de Florinda. E também vou imediatamente a Vila Rica dar parte ao senhor governador e pedir-lhe auxílio e providências para acabarmos com essa corja de malvados. Já não há quem tenha a vida nem a fazenda em segurança. Isto assim não pode continuar.

– É tempo perdido, senhor capitão. Há muita gente graúda que capeia esses malditos e se enriquece por meio deles. Não falta quem os avise, e nunca podem ser agarrados. Se nós mesmos não fizermos diligências, e nos fiarmos no governo de Vila Rica, estamos bem aviados. Nada! nada! hei de seguir-lhes o rasto. Vossa Senhoria pode fazer o que entender, mas eu hei de ir atrás deles ainda que vão até o fim do mundo.

– Mas isso é loucura, meu amigo... ainda que os apanhe, o que você poderá fazer?

– Não tenha cuidado, senhor capitão. Vou só rastejá-los e espiá-los para ver onde levarão Florinda. O resto depois se arranjará. E isto é já; não há tempo a perder.

– Já que assim o quer a todo transe, espere um momento; não vá sozinho; leve dois dos meus camaradas.

Daí a alguns instantes os dois camaradas estavam prontos, montados em dois valentes cavalos.

Anselmo e seus dois companheiros foram à fonte, onde se presumia que os quilombolas tinham apanhado a rapariga. Depois de examinarem com cuidado reconheceram a verdade da suposição, e descobriram a direção que tinham tomado os quilombolas. Depois de terem saído na estrada andaram por ela por algum tempo na direção da Cachoeira. O rasto estava ainda fresquinho. Parecia que mais cedo meia hora que Anselmo tivesse vindo, os teria encontrado em caminho. Mais adiante reconheceram que os negros tinham largado a estrada e tinham trepado a serra procurando os lados dos pequenos arraiais chamados José Correia e Itatiaia, em cujas imediações havia famosos e formidáveis quilombos.

Anselmo era vaqueano e traquejado naqueles sítios, e dotado de suma sagacidade e viveza; encartou-se logo nos vestígios dos quilombolas. Não havia trilho algum; era apenas uma ligeira batida que seguia por um terreno áspero através de campos, barrocas e matagais, e que só uma vista experimentada como a de Anselmo poderia discriminar. O terreno tornava-se cada vez mais rude e impraticável, e era gravíssimo o perigo que corriam, caso encontrassem os quilombolas. Seus companheiros, que não tinham a sua coragem, nem eram animados do mesmo estímulo que ele para prosseguir em tão arriscada empresa, começaram a desanimar, e em vão tentavam dissuadi-lo de seu propósito.

– Ainda que gaste oito dias e oito noites por estas brenhas sem comer e sem dormir, hei de segui-los, e hei de descobrir o quilombo, ainda que seja no inferno. Vamos, vamos, meu valente cabiúna; é só contigo que eu conto, dizia Anselmo batendo na tábua do pescoço do seu brioso cavalo. Vamos salvar a pobre Florinda, ou morrer com ela.

Os animais dos camaradas não podiam mais acompanhar o cavalo de Anselmo, que trepava rochedos, saltava buracos e descia abismos com a presteza e agilidade do cabrito montês. Deram parabéns a sua fortuna por esta circunstância, foram-se deixando ficar atrás até perderem-no de vista, e voltaram para casa.

Anselmo não se embaraçou com isso, e nem contava muito com eles e foi tangendo para diante o seu cavalo. Andou quase o dia inteiro vencendo incríveis dificuldades por aquelas ásperas e impraticáveis serranias, procurando com todo o cuidado nunca perder a batida que o devia conduzir à descoberta do quilombo.

Ia bem orientado; mas já a noite ia se fechando, e como não havia luar, todo passo mais que desse seria perdido e o poderia desencaminhar. Estava em uma bocaina entre duas perambeiras, por entre as quais corria um lagrimal. Resolveu passar ali a noite descansando a si e a seu cavalo; no dia seguinte prosseguiria em suas pesquisas. Porém mal se ia apeando, ouviu atrás de si uns assovios como de notas de uma flauta, aos quais imediatamente responderam outros pela frente. Olhou para trás e viu dois negros que desciam como duas pedras rolando pela perambeira abaixo. Anselmo levou as mãos aos coldres e empunhou duas pistolas, cada uma de dois tiros. Mas os negros surgiam de todos os cantos, e em poucos instantes estavam reunidos em volta do cavaleiro alguns quinze ou vinte. Uns agarravam-lhe o freio, as rédeas e as crinas do animal, outros atracavam-se-lhe às pernas, e tinham todos as facas nuas aos olhos do infeliz rapaz.

– Quem te chamou aqui, maldito capixaba!... bradavam eles fazendo um alarido infernal. Quem te chamou à toca do Zambi? Não sabes que quem aqui vem não volta mais!

Toda a resistência era inútil e impossível. Mas nem à vista daquele grande perigo Anselmo perdeu o tino e a reflexão. Viu que lhe seria possível matar três, quatro e talvez mais. Porém de que lhe serviria isso, senão para assanhá-los mais e tornar inevitável a sua morte sem poder salvar Florinda, que era o seu principal e único fim? Portanto, com voz firme e resoluta dirigiu-se aos quilombolas:

– Que é isto, gente?... que querem comigo?... eu não vim aqui fazer mal nenhum a vocês. Eu também tenho sangue da África nas veias, e minha mãe penou no cativeiro. Um raio me parta neste momento se eu venho aqui para fazer mal a vocês.

– Ah! ah! ah!... bradou um deles com uma risada infernal. Capixaba não me engana. Que é que você veio fazer tão direitinho no nosso rasto?... fala, capixaba!...

– Pois eu vou falar a pura verdade. Eu vim em procura de uma rapariga que, esta madrugada, foi roubada da fazenda do capitão***. Estou certo que foi carregada por vocês ou por seus companheiros para o quilombo que há nestes lugares. Para resgatá-la trago dinheiro; é ela só que eu quero, e nada mais. Portanto vocês me levem à presença do Zambi, que eu juro guardar o maior segredo sobre tudo que eu vir...

— Cala a boca aí, capixaba amaldiçoado! bradou um que saltou do meio da turba e, lançando mão à rédea do cavalo, alçou sobre o peito de Anselmo uma comprida e afiada faca. Tua cabeça só é que há de aparecer ao Zambi; teu corpo fica aí para os urubus.

Anselmo reconheceu neste novo agressor o cabra Mateus. Seu coração esfriou, e esvaeceu-se toda a esperança que porventura ainda restava-lhe de poder salvar-se, pois conhecia a violência do ódio que lhe consagrava o cabra; portanto resignou-se a morrer, mas não sem matar o cabra e tantos quantos quilombolas pudesse. Já com a direita empunhava uma das pistolas, quando um negro possante agarrando no braço de Mateus bradou-lhe:

— Alto lá, malungo!... isso agora também não. Fica sabendo que Zambi Cassange não quer que se mate gente prisioneira sem licença dele. Você não me ponha a mão nesse rapaz.

O cabra relutou e houve grande altercação entre os quilombolas. Durante alguns instantes Anselmo, na mais horrível ansiedade, viu discutir-se a sua vida ou morte como se se tratasse de repartir um pedaço de fumo entre aqueles canibais. Por fim Mateus teve de ceder ao parecer do maior número, que não permitiram que Anselmo fosse ali mesmo massacrado.

– Está bom, meu bode[2] do inferno, disse o cabra para Anselmo, chegando-lhe à cara os punhos fechados. Desta vez ainda escapas; tanto melhor, pois não era bom que morresses sem ver a tua Florinda. Quando você estender dois palmos de língua enforcado no pau grande do quilombo, quero que me estejas vendo defronte bem abraçadinho com ela.

Os negros para chegarem mais depressa conservaram o moço a cavalo, mas amarrado de pés e mãos, e o foram conduzindo através de furnas e barrocas até o quilombo, que já descrevemos, e que não estava longe daquele sítio.

Capítulo III

Tendo os negros chegado ao quilombo, Mateus cuidou logo em conduzir o prisioneiro para a choça em que morava com pai Simão, a cujos cuidados tinha deixado entregue Florinda.

---

2. Mulato, crioulo.

Mateus, pai Simão e outros negros, que tinham ido roubar Florinda, tinham enxergado o cavaleiro que ao longe lhes vinha seguindo a pista, sem que este nunca os pudesse ver. Portanto apenas puseram a bom recado[3] a prisioneira, voltaram todos, à exceção de Simão, a agarrar Anselmo, que veio direitinho cair na esparrela.

Era já noite fechada, quando entraram com Anselmo no recinto do quilombo. Mateus e mais um companheiro levaram o prisioneiro à choça de pai Simão, enquanto os outros se recolhiam cada um a seus ranchos.

Florinda estava sentada sobre o jirau de pai Simão, com a cabeça debruçada e encostada sobre uma das mãos, tendo diante de si um prato de folha-de-flandres, cheio de iguarias, em que ela não queria tocar, por mais que fossem os cuidados e afagos de que a rodeava pai Simão.

Era com efeito uma linda criatura, e sua bela figura ainda mais sobressaía à luz de um fraco fogo, no meio dos hediondos objetos que a circundavam. Seus cabelos, que estavam soltos, eram compridos, e desciam-lhe em on-

---

3. "Puseram a bom recado": deixaram livre de perigo.

das miúdas pelo colo, que naquele lugar onde só se viam através de quase completa escuridão vultos negros como a noite, quase parecia alvo. Seus olhos grandes, pretos como jabuticabas e brilhando no meio das pálpebras arroxeadas pelo pranto à sombra de espessas sobrancelhas, pareciam dois pombos negros, espreitando cheios de pavor à porta do ninho o vôo do gavião. As feições, a não serem os lábios carnosos e as narinas móveis, que se contraíam e dilatavam ao arquejo violento de seu coração, eram quase de pureza caucasiana. No corpo tinha esse donaire voluptuoso, essas curvas moles e graciosas, que são próprias das mulatas. Era flexível como o ramo do limoeiro, que ao menor sopro verga até beijar o chão, e no mesmo tempo reergue-se donoso balanceando no ar o tope recamado de flores.

Quando Florinda deu com os olhos em Anselmo, que entrava pelo rancho escoltado por seus dois guardas, deu um grito, e saltando do jirau atirou-se a ele com os braços abertos. Mateus porém rapidamente colocou-se entre eles.

– Alto lá!... toma a bênção à minha mulher e tua senhora, capixaba. Não a conheces?

Anselmo soltou um gemido sufocado.

— Anda, bode atrevido e malcriado!... prosseguiu Mateus, empurrando-o. Toma a bênção à tua sinhá.

Anselmo quis beijar a mão de Florinda. O cabra deu-lhe um rude tapa na mão.

— De joelhos já, patife!... continuou o cabra, e não me toque nem de leve no corpo dela. De joelhos já, e diga só: – Louvado seja Nosso Senhor Jesus Cristo, minha sinhá-moça.

Anselmo pôs-se de joelhos e repetiu com os olhos cravados nos de Florinda: – Louvado seja Nosso Senhor Jesus Cristo, minha sinhá-moça.

— Jesus seja para sempre louvado, murmurou a rapariga, cravando os olhos no céu como uma súplica ardente, e precipitou-se no jirau, tapando o rosto com as mãos e debulhando-se em lágrimas.

— Ai!... temos criançadas, gritou o cabra. Nada de choros aqui...

— Deixa a pobre rapariga chorar, gritou pai Simão, que até ali tinha-se conservado silencioso acocorado ao pé do fogo, comendo uma cuia de melado com mandiocas assadas. Deixa ela chorar; com o tempo ela há de ir-se acostumando. Mas fala, Mateus, para que você vem trazendo esse mulato aqui? Zambi não há de gostar nada disso.

– Esse vem para ser enforcado depois de ser bem surrado por estas mãos. Há de agüentar tudo o que eu sofri por culpa dele, e depois há de pagar com língua de palmo e meio todo o mal que me fez. Olha a cara dele, pai Simão, continuou, pegando em um tição e brandindo-o tão perto da cara de Anselmo que quase o queimava. Olha bem a cara dele; este maldito é que queria me capiangar minha Florinda...

– Ah! bem estou conhecendo ele!... este não é o senhô Anselmo lá da Cachoeira?... Coitado do meu moço!... que diabo de tentação é que trouxe vosmecê aqui?... Vosmecê anda mesmo procurando corda para se enforcar.

Anselmo, para não provocar mais os insultos brutais de seus ferozes inimigos, não dizia palavra, e no lance apertado em que se via, só do céu podia esperar auxílio e salvação. Por si só teria suportado resignado e impassível todo o horror de sua situação; mas ali estava também Florinda que, transida de angústia e de pavor, de quando em quando fitava nele os seus grandes olhos negros, como implorando amparo que o desgraçado nem para si tinha. Simão era um preto velho, devia ter coração mais compadecido; demais não tinha motivo nenhum particular de ódio contra Anselmo, e tinha tratado Florinda com bondade e carinho, desde que ela chegara ao quilombo. Florinda olhou portanto para ele como seu único refúgio; levantou-se bruscamente e foi lançar-se a seus pés pedindo piedade, não para si, mas para seu companheiro de desgraça.

– Levanta, menina, disse pai Simão. Amanhã nós havemos de ver isso. Já está ficando tarde, e gente demais não pode dormir aqui dentro do quilombo sem Zambi saber. Ora pois, Mateus, vai levar sua gente à presença de Zambi Cassange, enquanto ele não está dormindo; senão amanhã nós temos candonga.

O Zambi estava, como de costume, recostado no seu jirau, coberto até a cintura com uma colcha grosseira de algodão, tomando uma tigela de caldo de mão-de-vaca misturado com vinho do Porto, para conciliar o sono. Nessa ocasião, porém, em vez dos dous ajudantes, estava assentada a seus pés uma preta curta e gorda, com a figura de um odre, já não muito nova, de olhos graúdos e esbugalhados, e por entre cujos beiços trombudos e revirados, sempre entreabertos, alvejavam dentes agudos e salientes como os do cão. Esta hedionda figura era a companheira fiel, a sultana favorita do ilustre e poderoso chefe Joaquim Cassange, cujo gosto neste particular parece que não era dos mais apurados.

Enquanto o Zambi tomava caldo, a ocaia[4] favorita cachimbava e cochilava. Estavam nesta interessante situação quando chegou Mateus, tendo a um lado Anselmo e ao outro Florinda, os quais segurava pelo braço, e escoltado por mais dois companheiros.

— Licença, Zambi!...

— Entra, malungo, com Deus e Nossa Senhora do Rosário.

Mateus avançou com seus dois prisioneiros e inclinou-se profundamente diante do Zambi

— Então, que diabo é isto, rapaz? gritou este. Que gente é essa que você vem trazendo?... é branco?...

— Não, Zambi; é mulato. Esta é minha mulher que eu venho apresentar a Zambi e pedir licença para ficar comigo no quilombo.

— Huuum! resmungou Cassange, está direito; e esse outro quem é?...

— Este, Zambi, não é mais do que pescoço para corda, carne para urubu.

---

4. "Ocaia", que também aparece na variante "ocai", significa amante, amásia, palavra provavelmente originária da língua quimbundo.

— Olha bem, paizinho! queira Deus isso tudo não seja corda para teu pescoço. Você não está principiando bem sua vida aqui, não, pai. Ora pois! eu gosto que minha gente me traga carne, toucinho, farinha, sal, vinho, tudo que se come e que se bebe, e ouro, muito ouro; está entendendo, pai Mateus?... e você em vez de trazer cousa que se jogue na boca, traz boca para comer? isso assim não vai bem.

— Perdão, Zambi; este mulato nós o agarramos aqui perto; vinha espiando nós para achar nosso quilombo e ir dar parte ao Manganga de Vila Rica.

— Deveras, capixaba?... você teve atrevimento assim? Pois olha, ali embaixo tem um buraco, onde você há de ver a ossada de mais de vinte, que como tu tiveram o desaforo de querer tomar a altura de nossa moradia. Mas como você quer, amanhã hei de te mostrar tudo, mas também você não há de ter mais olho para ver, nem língua para falar mais nada.

— Escuta um pouco, Zambi Cassange, disse Anselmo levantando a cabeça e tentando ainda um esforço, sem esperança, para salvar a si e a sua Florinda. Não é verdade o que diz este parceiro. Ele me tem quizila por causa desta rapariga, que nunca foi e nem quer ser mulher dele, e que ele esta madrugada roubou à força da casa de seu senhor. Como eu ia forrá-la para casar-me com ela, com consentimento do senhor, ele começou a desfeitear-me, e foi castigado por isso. Aí está a razão por que ele fugiu para este quilombo, e hoje foi roubar a menina. Chegando lá hoje de manhã, soube do caso, e saí tomando o rasto atrás de tua gente, até que vim cair aqui bem perto nas unhas deles. Mas eu não vinha espiar teu quilombo, como ele diz; não, Zambi Cassange, eu vinha procurar-te para te pedir minha noiva, que eles me roubaram, que é toda a minha felicidade, e que te nao pode servir de coisa alguma. Trazia dinheiro para te dar em troco dela, mas tua gente me tomou tudo. Zambi Cassange, entrega-me Florinda, e minha língua seja queimada no fogo do inferno, se algum dia ela contar nada do que aqui viu, e juro por minha mãe, que morreu no cativeiro, que, sempre que puder, hei de te dar aviso para salvar-te das perseguições dos brancos.

– Eu Zambi Cassange deixar sair vivo quem uma vez aqui entrou!... você está maluco, capixaba. Era preciso mudar de toca, e não estou por isso agora; acho-me muito bem aqui. Tenho soltado muita gente, quando são apanhados fora do quilombo, mas cá dentro, isso nunca. Já agora, tem paciência, meu moço; você não sai daqui mais.

— Está bem, Cassange, replicou o moço com voz comovida e trêmula; se te peço a vida e a liberdade, é só por amor desta menina; dói-me cruelmente deixá-la tão sozinha e desamparada no meio deste horror... Ah! Cassange! Cassange! tem piedade dela...

— Não tenha cuidado por amor dela, meu moço; não hei de consentir que aqui ninguém ponha a mão nela.

Florinda, que até ali repassada de horror e de pungente ansiedade muda e trêmula escutava aquele diálogo, vendo que não havia mais salvação para Anselmo, arranca violentamente o braço da mão de Mateus e avança resoluta e altiva para Cassange.

— Cassange! exclamou ela; tu és um mau e tua alma está no inferno. Tu vais matar meu noivo, não é assim?...

— Pois, menina, quem mandou ele vir aqui, retorquiu Cassange com um sorriso satânico.

— Pois sim, replicou a rapariga com força e batendo com o pé, mas há de me matar também com ele.

Florinda, que até então se conservara muda, encolhida e trêmula de medo, alçara subitamente o colo altiva e indignada como a cainana exasperada. Seus olhos fuzilaram, seus lábios tremiam, e sua atitude era ameaçadora. Mas... coitada!... nem sua beleza e mocidade, nem sua desgraçada situação, nem aquela sua cólera e coragem tão bela e tão sublime podiam fazer impressão no grosseiro e selvático espírito daqueles malvados bandidos.

– Eu matar-te a ti, mulatinha?... não pode ser... também não sou tão mau assim, respondeu o Zambi.

– Pois não mate!... eu sei bem como se morre, antes que ninguém me toque um só fio de meus cabelos.

– Menina, sossega seu coração, disse o Zambi procurando ameigar a voz. Aqui ninguém te põe a mão; o primeiro que tiver o atrevimento de engraçar com você, cabeça vai fora. Tu também, pai cabra, não pensa que a rapariga é tua, não; quem te deu licença para ter ocaia aqui, você que ainda ontem entrou neste quilombo?...

– Mas, Zambi, eu vinha pedir... ia dizendo Mateus.

– Cala a boca, pai, interrompeu secamente o Zambi. Vai dormir, que eu tenho mais que fazer do que ouvir prosa de cabra.

O chefe levou dois dedos de cada mão aos cantos da boca e soltou um assovio agudo que retiniu pelas brenhas. Momentos depois uma chusma de pretos apareceu à porta de sua choça. Apenas chegaram, disse-lhes o chefe:

– Vão já depressa cortar forquilhas e o mais necessário para fazer dois ranchos pegados ao meu, um aqui e outro ali, e apontou para a direita e a esquerda. Pai Mandu, Cabeça-de-Boi!... vocês fiquem aí fazendo sentinela a esses dois capixabas. Você, pai cabra, vai para teu rancho, deita no jirau, acende teu pito e dorme com Deus.

Os negros saíram a cumprir a ordem do chefe; este começou a cochilar; Florinda debruçou-se a chorar sobre uma esteira que, por ordem do Zambi, tinham estendido perto dela; Anselmo sentou-se no chão a um canto, com a cabeça enterrada entre as mãos; Mateus retirou-se resmungando; os dois guardas sentaram-se junto ao fogo e acenderam seus cachimbos; mãe Maria, a favorita de Cassange, sentada ao pé da tarimba, lançava com seus olhos de sapo sinistras olhadelas sobre a gentil Florinda, em que já adivinhava uma rival.

Em menos de uma hora os dois ranchos destinados a Florinda e a Anselmo estavam prontos com todo o confortável próprio de um quilombo.

– Agora, disse Cassange, pai Mandu e Cabeça-de-Boi fiquem de sentinela a essa menina, da banda de fora, bem entendido, e sentido com ela. João Cabinda e Zé Crioulo tomem conta desse rapaz. Cuidado, gente! se ele foge, cabeça vai fora.

Capítulo IV

Apenas todos se retiraram a seus destinos conforme as determinações do chefe, mãe Maria foi-se deitar ao lado do seu real companheiro, e encetou com ele em voz baixa a seguinte conversação:

– Com efeito, meu Cassange, você está de todo com a cabeça virada.

– Como assim, mãe Maria?...

– O que é que você quer fazer com essa rapariga e esse homem que chegaram aí?... Essa gente ainda há de ser nossa perdição. Se você amanhã não enforca eles todos dois, adeus, Cassange, eu vou-me embora daqui.

– Oh! então vosmecê, mãe Maria, quer fazer aqui casa de pai Gonçalo, onde galinha cante mais alto do que o galo?... que tem vosmecê com esses dois cabritos?...

– Olha, pai Zambi, essa gente de cor é gente amaldiçoada; onde eles vão, trazem mau azar, e entra muita candonga e muito barulho. Olha bem, pai Zambi; bota sentido no que eu estou falando.

– Canan!... pau de forca está ali... toda candonga acaba lá.

– Mas fala, Cassange; não é melhor acabar com eles já, antes que candonga apareça?...

– Está bom, mãe Maria; amanhã nós podemos conversar; agora tomara eu dormir, que estou morto de sono.

O matreiro Zambi não tinha nenhum sono. Uma multidão de idéias atrapalhadas, que lhe ferviam no cérebro, não o deixavam pregar olho. A encantadora e voluptuosa figura de Florinda tinha-lhe feito viva impressão no coração e lhe acendera o sangue africano em apetites libidinosos. A idéia de gozá-la, de tomá-la para sua ocaia, lhe sorrira espontaneamente no espírito, e se lhe apresentara como coisa fácil.

Todavia tinha de romper por algumas dificuldades, e era isso que o preocupava. Posto que vivessem do latrocínio e assassinato, os quilombolas tinham certa organização interna, certa disciplina regular e severa, a que deviam sujeitar-se debaixo de rigorosas penas. Assim, a respeito de mulheres havia leis mui terminantes, próprias para reprimir excessos e devassidões, que em todas as sociedades são sempre um princípio de desorganização. Quando qualquer rapariga caía entre as mãos dos quilombolas, devia pertencer ao apreensor, contanto que isso fosse do agrado dela. Se assim não acontecia, poderia escolher o companheiro que quisesse; e se não aceitava nenhum, ficava à disposição do Zambi, que podia reservá-la para si, ou dar-lhe liberdade, conforme lhe aprouvesse. A infidelidade das mulheres era detestada e severamente punida; e também, por outro lado, quem contra elas cometesse qualquer desacato e qualquer atentado violento, incorria em rigorosos castigos.

O astuto Cassange percebeu logo quanto era violenta a paixão que Florinda tinha pelo mulato, e bem viu que enquanto este fosse vivo ela não se entregaria por bem nem a Mateus, nem a ele Zambi, nem a outro qualquer, fosse quem fosse. Estava na verdade em suas mãos dar cabo de Anselmo; mas isso por maneira nenhuma lhe fazia conta. Se Anselmo fosse morto por sua mão, ou por ordem sua, por certo a rapariga lhe tomaria aborrecimento e ódio mortal, e talvez quem sabe!... se congraçasse com o cabra, que era parente e conhecido antigo dela. Cassange não podia suportar esta idéia; confrontava no espírito a grosseira e trombuda catadura de mãe Maria com a suave e gentil figura de Florinda, e achava desaforo que um dos seus mais insignificantes súditos tivesse uma tão linda ocaia, enquanto ele, chefe onipotente, se contentava com ter no seu jirau aquela nauseabunda jibóia.

Depois de muito parafusar com o pensamento, entendeu que o melhor que podia fazer era não se embaraçar com o mulato, fingir mesmo que o patrocinava, e deixar que o cabra, como naturalmente aconteceria, desse cabo dele. Depois fácil seria desfazer-se de Mateus, com o qual desde o princípio tinha enquizilado. Cassange pesou bem estas coisas, e aguardou-se para no dia seguinte tomar as suas medidas.

Florinda, quebrantada de tamanhos sofrimentos, caiu num sono que mais parecia um delíquio, interrompido por pesadelos e sonhos horríveis. Anselmo, depois de longa vigília, em que esteve a excogitar algum meio de salvação para si e sua querida Florinda, cedeu também ao cansaço, e adormeceu entre seus dois vigias, sobre uma imunda enxerga.

No outro dia Cassange levantou-se mais cedo que de costume; chamou sua gente e a distribuiu e dispersou pelas costumadas empresas de roubo e de pilhagem. Mateus também foi mandado para serviço; o chefe queria ficar com pouca gente no quilombo. Ficaram somente ele, mais seis companheiros de sua maior confiança, Anselmo, Florinda e mae Maria, que tratava dos misteres da cozinha.

Logo que todos se retiraram e que mãe Maria desceu com um pote na cabeça a apanhar água em uma fonte vizinha, Cassange foi ter com Florinda.

– Menina, escuta uma cousa, lhe disse ele com tom fagueiro e paternal, você não pode ser nem de Mateus cabra, nem desse mulato que está aí. Se você quer ser Zambi-ocai deste quilombo, é só falar, minha filha. Você aqui tem tudo: ouro lavrado, aquele baú está atopetado dele; vestido de seda, veludo, cambraia, ali tem tudo. Que comer e beber aqui não falta; olha. O Zambi foi mostrar à rapariga uma vasta despensa subterrânea, atulhada de todos os gêneros e bebidas do país e do estrangeiro. Aqui todos, principiando por mim, são seus cativos; é só abrir a boca que está servida naquilo que quiser.

Florinda olhava espantada para o Zambi e não sabia o que havia de responder.

— Fala, minha filha, fala; quer ser Zambi-ocai?...

— Oh! meu Deus! eu não... não posso, respondeu Florinda balbuciando. Não sou senhora de mim... sou de meu senhor...

— Você está maluca, menina?... aqui, no quilombo, não há senhor nem cativo...

— Mas eu não quero... não posso ficar, não; pelo amor de Deus, Cassange, mande-me levar para minha casa.

— Então você, menina, quer ir para a casa de seu senhor?... pois sim; mandarei te levar e te largar no mesmo lugar em que te apanharam...

— E Anselmo?... Anselmo também há de ir comigo, não é assim, Zambi Cassange?...

— Não pode; esse há de ficar pendurado no galho daquela árvore acolá.

— Ah! não! não, Cassange! exclamou a rapariga lançando-se aos pés do Zambi e abraçando-lhe as pernas. Tem piedade dele; ele não te fez mal nenhum...

– Quem mandou ele vir cá?... Quem aqui entra uma vez não pode sair vivo... Levanta, menina...

– Então também eu hei de ficar morta com ele...

– Você está tola, menina; se você quer que ele vá-se embora vivo, fica aí sossegada comigo. Mas se você quer sair viva, ele fica morto.

– Não, não, Cassange. Ou eu e ele havemos de sair vivos, ou todos dois havemos de ficar mortos.

Nesse momento vinha chegando mãe Maria com o pote na cabeça, cantarolando uma cantiga de sua terra.

– Sossega seu coração, menina, disse Cassange em voz mais baixa.Eu hei de dar jeito nessa candonga, que não há de te acontecer mal nenhum. Mas, olha bem, imagina bem no que eu te falei. Dá de almoçar a esta rapariga, continuou voltando-se para a negra. Coitadinha! passou mal e está muito mofina; toma cuidado com ela.E saiu.

– Huuum!... resmungou mãe Maria, meu coração bem estava adivinhando; candonga está armada.

Mãe Maria, apenas se achou só com Florinda, começou a afagá-la e a cercá-la de cuidados. Preparou-lhe um prato, o mais saboroso que pôde arranjar, e com modo carinhoso como que forçou-a a comer alguma coisa. Depois foi à despensa e trouxe-lhe um copo do mais fino e delicado vinho.

– Tem paciência, dizia a negra. Isto aqui não é tão ruim como você pensa. Quando você se costumar, nunca mais há de querer sair daqui. Aqui não falta nada; a gente come e bebe do bom e do melhor, como você está vendo, dorme quando quer, e levanta quando bem lhe parece. Isto sempre é melhor do que em casa de branco, não é assim, menina?

– Eu ficava aqui de boa vontade, e talvez me costumasse, mas havia de ficar com Anselmo.

– Pois que tem você com esse mulato?... é seu irmão?... seu marido?...

– É meu primo, e estava para se casar comigo.

– Mas ele não é cativo?...

– Não; a mãe dele é que era escrava de um irmão de meu senhor. Ele mesmo foi forro na pia[5].

---

5. Tornado livre no nascimento.

– Ah! coitado!... então não pode ser nosso malungo, e vida dele está bem malparada...

– Ah! meu Deus!... bem sei disso; o Zambi já me disse que, se eu não quiser ser sua ocaia, Anselmo sem falta nenhuma tem de morrer.

Era isto mesmo que a matreira negra já tinha suspeitado, e desejava ouvir da boca da rapariga. Seus olhos se injetaram de sangue, lançaram um lampejo feroz, cresceram e rolaram nas órbitas como os do sapo esbordoado.

– E você o que é que disse a ele?...

– Eu?... eu nem sei mais o que respondi... só me lembro que desatei a chorar e lhe pedi de joelhos que não matasse Anselmo... Tem piedade de mim, minha tia; só você é que pode valer-me nestes apertos. Mãe Maria, por caridade, pelas cinco chagas de Nosso Senhor Jesus Cristo! não deixe ele matar Anselmo, não.

– Sossega seu coração, menina. Quando Zambi vier falar outra vez com você, não fala que você não quer ser ocaia dele, não. Cala sua boca; eu hei de dar jeito, que nem você, nem esse mulato não hão de ter nada, não.

– Você me promete, minha tia?... deveras?... exclamou Florinda pegando-lhe nas mãos e cravando-lhe um olhar úmido de prazer e de reconhecimento.

— Por esta Nossa Senhora do Rosário, disse a negra beijando a imagem de seu rosário de ouro.

— Mas, minha tia, como é que você há de se arranjar?

— Deixa por minha conta; você não está vendo que eu aqui sou rainha?

Mãe Maria foi levar comida ao outro prisioneiro, que se achava de outro lado da residência do Zambi, no pequeno rancho improvisado na véspera, e guardado por dois quilombolas.

Mandou retirar os dois quilombolas e disse-lhe:

— Moço, toma sentido!... Zambi Cassange quer te matar.

— Já contava com isso, respondeu tristemente Anselmo. Mas eu não sei que mal lhe fiz.

— É porque ele quer te tomar a mulatinha, que te quer tanto bem.

— Pobre Florinda!... mas ela!... ela também não se entregará senão morta...

— Mas Zambi disse que para te perdoar, só se ela quiser ser ocai dele... e o que é que ela há de fazer, coitadinha!...

— Ela!... exclamou Anselmo empalidecendo... duvido que se entregue...

— Quem sabe, meu moço?... ela não tem ânimo de te ver morrer.

— Nesse caso também não quero viver; matem-me já, que nada tenho mais a perder neste mundo.

— Cala boca, moço; aqui estou eu, que não quero que você morra, nem que a mulatinha seja de Zambi. Não hei de ser eu, Maria Conga, que hei de aturar que aquele pai velho caborjeiro me venha desfeitear na cara à vista de Deus e todo mundo; porventura eu sou sua escrava dele?... ele me comprou?... ah! pai Zambi está enganado comigo... Sossega seu coração, moço; olha, não dá fé do que Florinda disser, nem no que fala esse preto candongueiro, não. Fica aí, cala sua boca, e deixa, que eu hei de dar jeito na cousa, de maneira que pai Zambi desta vez não há de levar o bocado à boca, não.

Anselmo não podia compreender o plano de mãe Maria, mas depreendeu que a sua presença e a de Florinda iam introduzindo a cizânia no quilombo, e uma fraca esperança luziu-lhe no fundo da alma. Se rebentasse algum distúrbio no meio daqueles bandidos, talvez se lhe proporcionasse meio de evadir-se e salvar sua querida Florinda. Mãe Maria enfurecida pelo ciúme podia bem ser a autora de seu livramento, e portanto entregou a sua sorte à disposição da negra. Também na crítica situação em que se achava, que outra cousa poderia ele fazer de melhor?...

Capítulo V

Ao pôr-do-sol Mateus com os demais parceiros voltaram de suas correrias. Tanto o Zambi como mãe Maria estavam ardendo por irem se entender com ele. Cassange foi o primeiro que se dirigiu ao rancho em que Mateus morava em companhia de pai Simão. A esperta mãe Maria, que já estava com a pulga na orelha, o foi seguindo sem ser vista, e escondida a um canto a favor das sombras da noite, que já desciam, escutou a seguinte conversa:

– Então, pai Mateus, me conta o que é que você fez hoje? vai gostando do ofício?...

– Sem dúvida, Zambi; esta vida me agrada. Só de uma cousa eu não estou gostando nada.

– O que é? fala, pai...

– Se Zambi não fica zangado eu falo.

– Fala, rapaz; eu não gosto que minha gente guarde nada no bucho, não.

– Pois sim, eu falo. É porque eu trouxe para aqui minha ocai, e Zambi guardou ela, e não quer que ela fique comigo. Eu falo minha verdade, se a coisa aqui é assim, eu arranjo minha trouxa e vou-me embora.

– Para onde, rapaz?...

– Para outro quilombo.

– Você está tolo, rapaz!... rapariga é que não te quer ver nem pintado, e enquanto esse mulato, que vocês agarraram não sei para quê, for vivo, ela não quer saber mais de ninguém. Eu mesmo cá por mim, eu não me embaraço com mulher de ninguém, Deus me livre; cada um que se arrume.

– Está direito, Zambi Cassange; eu bem queria acabar com aquele maldito mulato, mas os outros parceiros não quiseram.

– Todo o tempo é tempo, rapaz; mas é preciso abreviar com isso.

– Zambi dá licença?

– Como não, pai?... que é que esse mulato fica fazendo aí no quilombo?...

– Pois deixa por minha conta, Zambi. Amanhã mesmo o diabo do mulato pachola me paga tudo.

Apenas o Zambi se retirou, a negra saiu do seu esconderijo e apresentou-se diante do cabra.

– Pai cabra, disse ela açodadamente e com certo ar de mistério, não acredita no que esse pai mandingueiro está falando, não. Ele quer que você mate o mulato, e depois ele te mata você também, e fica dono da mulatinha. Ele já jurou que a mulatinha não há de ser de você.

– Que está dizendo, mãe Maria?... bem eu andava banzando isso mesmo. Mas então como há de ser, mãe Maria?...

– Não tem nada, rapaz. Eu também não quero mais saber daquele pai candongueiro; nossa gente toda está mal satisfeita com ele. Ele não quer que malungo nenhum tenha a sua ocaia; ele não quer que quilombola beba seu vinho; ele não quer que gente brinque, que dance moçambique, nem nada. E ele só é que pode fazer tudo, e quer tomar ocaia dos outros... isso é desaforo!... Vamos nós todos fazer nosso quilombo à parte, e ele fica sozinho. Você fica sendo Zambi-ocaia de nosso quilombo. Eu vou falar com os outros parceiros, e amanhã se acaba de conchavar tudo.

– Mas, mãe Maria, diabinho da mulata embeiçada com o capixaba não quer saber de mim... está me parecendo que se o mulato morre, ela também morre de paixão.

– Não acredita nisso, Mateus. Pai Simão está aí, que é feiticeiro mestre. Foi ele que botou feitiço em pai Zambi, que até hoje nunca pôde me largar. Fala com ele para botar feitiço na menina, e você há de ver como ela fica te querendo bem. Amanhã bem cedo você vai onde está Zambi, e pede-lhe que te entregue sua ocaia de você; se ele entrega, tudo está direito, você fica calado. Se ele não quer te dar tua ocaia, então você cala a boca, e vem conversar comigo.

Dali mãe Maria foi ter com alguns outros quilombolas, que sabia andarem descontentes e prontos para se revoltarem ou se separarem de Joaquim Cassange. A todos animou com promessas de uma vida mais livre e folgada, e aos mais influentes acenava com a dignidade de Zambi.

Nenhum interesse tinha aquela megera que o chefe fosse Mateus Cabra ou outro qualquer; o seu único alvo era suscitar uma revolta ou uma defecção no quilombo, para se vingar de Joaquim Cassange e arrancar-lhe das unhas a mulata, e pouco se lhe importava que esta fosse para o poder de Mateus ou de Anselmo, pela sorte dos quais também nada se interessava.

Em verdade o caráter demasiadamente seco e austero de Cassange ia tornando o seu comando um pouco odioso a grande número de seus quilombolas. Com muita dificuldade consentia que qualquer dos seus tivesse mulher no quilombo, porque desconfiava, talvez com razão, da indiscrição e leviandade delas, e não as admitia senão quando via que eram feias, porque as bonitas entendia que eram um elemento constante de perturbações e discórdias. É por essa razão, e para dar o exemplo, que ele mesmo, podendo aliás ter um luzido serralho de vistosas negras e lindas mulatas, se contentava com a triste companhia da trombuda Maria Conga. Também não permitia, senão com muita reserva, as danças e folguedos, e coibia severamente o abuso do vinho e da aguardente. Assim aquele quilombo era uma espécie de mosteiro no meio das brenhas, onde, no meio dos trabalhos de uma vida áspera e fragueira, se mantinha a mais severa disciplina, e se desconheciam os regalos e prazeres que os amenizam.

Assim pois não foi difícil a mãe Maria achar muita gente disposta a desertar do quilombo, e mesmo revoltar-se contra o Zambi.

No dia seguinte bem cedo, Mateus, conforme tinha conchavado com Maria Conga, foi à presença do Zambi e pediu-lhe que lhe entregasse Florinda.

— Mas, rapaz, respondeu-lhe o chefe com impaciência, você bem sabe que ela não te quer, e nem nunca há de te querer, ao menos enquanto esse mulato for vivo?... por que você não acaba com ele?

— Dá-me a rapariga, Zambi, e deixa o mais por minha conta. Eu dou minha cabeça se esse mulato amanhece no dia de amanhã.

— Não te dou Florinda porque ela não quer; e enquanto ela não quiser a você ou a outro qualquer, fica debaixo de meu senhorio; esta é que é nossa lei daqui, e não há de ser você, pai cabra, que me há de fazer botar abaixo a lei.

— Mas eu asseguro a Zambi que ela há de se acomodar comigo...

— Vai esperando!... não é com essa que você me cinza, rapaz. É à toa teimar; enquanto esse moço for vivo, você não tem Florinda.

— Pois também enquanto Florinda não me for entregue, eu não dou cabo do mulato.

— Pelo quê, pai?...

— Porque não me fio em você, Zambi.

– Então, pai cabra, vai-te com Deus ou com o diabo; mas Florinda cá fica. Ah! cabra amaldiçoado, continuou o chefe murmurando entre si, como está enruminado[6] o paizinho!... deixa-te estar, meu cabra, que não leva muito a eu quebrar-te esse topete.

Mateus retirou-se calado, como Maria lhe tinha recomendado, e logo foi procurar jeito de conversar com ela para combinarem seus planos.

Nesse dia, apesar de toda a dissimulação dos conspiradores, havia no quilombo um certo sussurro, um certo ar de desconfiança, que não escapou ao matreiro Zambi, que tinha mais ronha do que uma raposa velha, e que aliás já andava ressabiado. Uma vez dispersos os quilombolas, os apaniguados de Maria Conga, em vez de irem tratar dos misteres de sua profissão, se separaram a fim de concertarem a[7] trama a que ela os tinha convidado. Cassange, receoso de algum incidente, não quis arredar pé do quilombo, e não largou de vista seus dois prisioneiros, acompanhado de doze de

---

6. Nas três edições consultadas, aparentemente por erro, aparece "enriminado".

7. A palavra "trama" vem precedida do artigo "o" nas três edições, mas deve ser um equívoco.

seus mais valentes e leais companheiros, a quem ele, que sabia a história de Carlos Magno, chamava os seus doze pares.

Mãe Maria, de sua parte, para não[8] despertar desconfianças, mostrava-lhe a melhor cara possível, e quase não se afastava do pé dele. Florinda olhava para eles, atônita e consternada, sem saber o que poderia temer ou esperar.

Anselmo, vigiado de perto por seus dois guardas, bem percebia que no quilombo havia alguma novidade qualquer que fosse, cuidava adivinhar-lhe a causa, e seu coração cobrava algum alento e esperança.

Quanto ao matreiro Cassange, que já havia percebido a tramóia, esse sabia com que cartas jogava, e esperava impassível o resultado.

Capítulo VI

Quando a noite desceu, cada um se recolheu tranqüilamente a seu rancho; mas notava-se como um ruge abafado, como o murmúrio surdo que precede o desabar da tormenta.

---

8. Aparece sem o "não" na 1ª ed. e na "Nova edição", mas deve tratar-se de um lapso do autor, emendado na edição da década de 1940.

Cassange fizera tirar da vizinhança de seu rancho a Anselmo, e o mandara transportar para uma coberta mais distante, entregue à guarda de pai Mandu e Cabeça-de-Boi, aos quais recomendara a mais severa vigilância.

Estava ele dormindo embaixo de uma coberta de capim, em cima de uma esteira estendida no chão, envolto em alguns cobertores mulambentos que por compaixão lhe davam. O rancho, por um lado, era tapado por uma barranca de pedra, do outro por um tabique de ramos, e nos outros dois, que eram abertos, os dois vigias estenderam suas esteiras e fecharam o quadrado no meio do qual dormia Anselmo amarrado de pés e mãos.

Já a noite ia em mais de meio; o fogo, que haviam acendido perto do rancho, estava em cinzas; os guardas, fiados em suas medidas de segurança, dormiam profundamente. Anselmo estava em uma espécie de modorra aflitiva, quando cuidou ouvir a pequena distância como o resfolegar de um animal que andava farejando qualquer cousa. Daí a poucos segundos percebeu que o animal vinha se avizinhando lentamente, sempre a soprar e a farejar o chão, e foi chegando quase a tocar o guarda que lhe dormia atravessado pela cabeceira à beira do rancho. O animal depois alongou o pescoço por cima do negro, e Anselmo sentiu-lhe o bafo quente por cima de sua cabeça.

– Sai fora, diabo! gritou pai Mandu acordando e espantando o animal para longe.

Daí a um instante pai Mandu estava roncando outra vez.

– É um animal, não tem dúvida, pensou consigo Anselmo. Mas por que motivo veio ele cheirar-me?... quem sabe se não é o meu cabiúna?...

Anselmo levantou a cabeça, e apesar da escuridão da noite, enxergou o animal que havia parado a alguns passos de distância, e reconheceu que era preto.

– É ele! não pode ser outro! é o meu fiel e valente cabiúna. Foi Deus quem o mandou aqui para me salvar e salvar Florinda. Mas como é que eu hei de me haver!... eu amarrado de pés e mãos. Em todo caso, nestes apuros nada se perde em arriscar.

Assim pensou Anselmo, e pôs-se a refletir. Lembrou-se do lugar em que um de seus guardas tinha guardado a faca ao deitar-se.

O mais sutilmente que pôde, e com todo o jeito, foi-se arrastando aos poucos para ali. Durante isso, o cavalo, satisfeito talvez por ter reconhecido seu patrão, foi-se afastando mais um pouco, a passos lentos e como que cautelosos. Isto, que parece um instinto sobrenatural, não é raro na história dos cavalos; eles muitas vezes guardam para com os seus senhores tanta afeição e fidelidade como os cães, e são dotados do mesmo tino e perspicácia.

Sutilmente, e às apalpadelas, Anselmo achou a faca do negro, e como tinha os pulsos fortemente arrochados, braçou-a com as duas mãos e com ela foi-se arrastando de novo para o lugar de sua cama. Chegando aí agarrou com os dentes o cabo da faca, arrancou-lhe a bainha, e do melhor jeito que pôde, a muito custo, foi cortando as correias que lhe apertavam os pulsos. A cada resfolgar, a cada leve movimento de seus vigias, supendia a operação. O cavalo deu uma forte patada; Anselmo estremeceu.

– Olé, parceiro!... gritou um dos guardas. Que diabo de cavalo é esse que anda aí?... você não está ouvindo?...

– Ah!... deixa gente dormir, rapaz, respondeu o outro espreguiçando-se. É um diabo de um burro magro que esses dias tem andado aí. Deixa estar, que amanhã eu jogo ele no buraco para urubu.

– Quem sabe se não é cavalo desse mulato? você sabe, malungo, cavalo às vezes é como cachorro; procura sempre seu dono.

Ouvindo isto Anselmo julgou-se perdido; mas a resposta do outro negro veio imediatamente tranqüilizá-lo.

– Você está maluco, pai, disse o outro. Cavalo do mulato foi vendido muito longe. Não é aquele que volta cá mais.

Esta resposta, porém, ao mesmo tempo que tranqüilizou, não deixou de afligir o pobre Anselmo. Seria com efeito algum burro magro e inválido que ali andava, e não o seu cabiúna?... e, nesse caso, o que poderia ele fazer em cima de tal animal?...

Mas ao mesmo tempo considerava: Qual outro animal, a não ser o meu cabiúna, viria procurar-me e cheirar-me a mim só no meio de tanta gente?... e, demais, pelo resfolgar pareceu-me ser um animal valente e possante... até parece que conheci o bafo de meu cavalo.

Na dúvida, contudo, Anselmo, depois que se convenceu de que os seus vigias de novo se achavam bem ferrados no sono, foi continuando a sua operação. Uma vez com os braços livres, fácil lhe foi cortar os amarrilhos dos pés. Depois levantou-se cautelosamente, e depois de saltar por cima do vigia que lhe ficava à cabeceira, foi de rastos até o lugar em que se achava o animal, que estava numa distância como de quinze a vinte passos. Quando chegou perto, o cavalo abaixou a cabeça para cheirá-lo e reconhecê-lo de novo. Anselmo então levantou-se, passou-lhe a mão pelo pescoço, e achou as bastas e longas crinas de seu cabiúna, apalpou-lhe a anca, e por uma pequena protuberância acabou de certificar-se que era ele, ele mesmo, o seu fiel e valente cabiúna. Seu coração pulou de alegria; abraçou-lhe o colo, e beijou-o quase com o mesmo ardor com que teria estreitado nos braços a sua adorada Florinda. Correspondendo a este afago, o animal curvou o colo e chegou-lhe à face as narinas fumegantes, como que lhe dizendo ao ouvido: salta ao meu lombo. Dir-se-ia que se tinham conchavado para aquela fuga.

Anselmo com toda a precaução trepou ao lombo do animal, estirou-se sobre o seu pescoço, encolheu as pernas, e cosendo-se com o cavalo procurou fazer sumir o seu vulto o mais que fosse possível. Deu-lhe uma leve palmada no pescoço, e puxando-lhe a crina, o fez ir saindo tão lentamente e com tanta precaução como tinha chegado.

O cavalo o foi levando assim vagarosamente, parando de quando em quando por entre as choças dos negros, sem que fosse pressentido[9]. Somente um acordou e gritou: – Sai fora, burro!... esse diabo de burro não deixa a gente dormir sossegado. Eu, se fosse Zambi, mandava botar tronqueira na boca do quilombo.

– Você está tolo, rapaz! respondeu outra voz. Isso era mostrar a branco a porta do quilombo.

Anselmo a princípio assustado quis tanger a galope o seu cavalo, mas ouvindo o resto da conversa tranqüilizou-se, e foi continuando a escoar-se vagarosamente, até achar-se fora do recinto das arranchações, que não era muito extenso. Então apeou-se à pressa, desatou dos rins uma cinta de algodão de duas voltas, e atou-a como barbicacho à boca do cavalo. Este a princípio mostrou alguma repugnância e abanou duas vezes a cabeça, como que dizendo: deixa-me, que eu sei o caminho por onde vim. Mas enfim, como servo obediente, acabou por aceitar o freio que seu senhor lhe impunha. Anselmo de novo trepa-lhe ao lombo, e parte veloz como o tufão.

---

9. Aparece "persentido" na 1ª ed., mas o contexto sugere que "pressentido" seja mais adequado.

Do foco do quilombo ao lugar que lhe servia de saída, o único por onde era facilmente acessível, havia como um quarto de légua. Ali, dia e noite, havia sempre duas espias alerta. Até ali a floresta, sempre batida pelos negros, era limpa por baixo, e subia por uma rampa suave, encostada à penedia e às vezes por baixo dela, até o lugar da saída, onde havia uma cascata que descia dos rochedos, e além da qual o solo elevava-se rapidamente até onde terminava a linha de rochedos nivelando-se com o terreno superior.

Junto à cascata estavam os dois espias. Abaixo dela o riacho cavava um leito profundo, formando uma vala de uma braça de largura.

Os vigias, ouvindo o tropel de um cavalo que vinha a toda brida de dentro do quilombo, ficaram assombrados e correram a postar-se no único lugar onde a muito custo poderia passar um cavaleiro. Mais abaixo ninguém poderia passar senão a pé, de dia, e com grande dificuldade.

A floresta aí não era muito espessa, e os negros puderam ver com assombro um cavalo negro, que parecia não ter cavaleiro, saltar o fosso e continuar sem interrupção o seu galope de furacão.

Os vigias soltaram dois assovios estridentes e agudíssimos, aos quais imediatamente responderam como ecos outros muitos, na profundidade do grotão; e como dois veadeiros amestrados partiram no encalce[10] do cavaleiro.

Pareceria loucura perseguir a pé um tão rápido cavaleiro. Mas os pretos bem previam que ele em breve se veria embaraçado pelas dificuldades do terreno, e que seria inútil a velocidade do cavalo, o qual não seria impossível alcançar enquanto lhe ouvissem o tropel.

Outros quilombolas tinham já saído do quilombo à pista do fugitivo, pois já antes do sinal dos vigias tinham dado falta dele, e pai Mandu e Cabeça-de-Boi, os dois guardas do prisioneiro, sobre quem pesava toda a responsabilidade, pode-se imaginar com que ânsia, acompanhados de alguns outros, se puseram a correr no alcance dele.

Como o terreno naqueles lugares é horrivelmente acidentado, cheio de roladores e precipícios, os negros que iam atrás, posto que na marcha se achassem a grande distância pelas voltas que davam, contudo em linha reta achavam-se próximos, e faziam-se ouvir per-

---

10. Variante de encalço.

feitamente por meio de gritos e assovios. Anselmo também os ouvia a pequena distância, mas seu cavalo infatigável prosseguia em seu galope, vencendo incríveis dificuldades. Todavia, as vozes dos negros avizinhavam-se cada vez mais. De feito o cavaleiro, ou antes o cavalo, pois Anselmo deixava-o ir por onde queria, a despeito de toda a sua força e agilidade, tinha muitas vezes de retardar o passo e de dar muitas voltas em razão das dificuldades e asperezas do terreno, voltas que os quilombolas atalhavam metendo-se por furnas e barranceiras, galgando rochedos e transpondo abismos com a presteza de verdadeiros macacos.

Enfim Anselmo achou-se fora das matas e respirou; no campo ao menos podia orientar-se melhor, e a favor da fraca claridade que um escasso luar minguante derramava por aqueles rincões, podia divisar os seus perseguidores. Mas que campos aqueles, santo Deus!... Anselmo ia-se achar talvez entalado em maiores e mais horríveis dificuldades do que nas matas. Nos seus desfiladeiros lisos, cobertos de capim rasteiro, todos os anos renovado pelas queimadas, o infeliz que por eles escorrega não acha um ramo a que pegar-se, e tem de irremissivelmente estourar no fundo do abismo. Muitas vezes o cavaleiro incauto, galopando por uma lombada lisa e plana, inopinada e traiçoeiramente se acha empenhado em um declive tão rápido que não lhe é mais possível conter o cavalo, e o despenho é inevitável. Outras vezes, passeando por uma campina aprazível e risonha, estaca de repente à borda de um despenhadeiro a prumo, medonho e vertiginoso.

Anselmo, como dissemos, ao sair nos campos criou alma nova, porque ali, ao menos, à mercê daquele fraco luar, podia enxergar em torno de si, ainda que bem conhecia a aspereza do terreno todo cortado de traidoras perambeiras. Então pela primeira vez usou do freio que improvisara, e procurou dirigir o cavalo para a esquerda, a fim de ver se ganhava a estrada que então comunicava a corte com Vila Rica, passando pelo pequeno arraial da Boa Vista, que depois se tornou célebre por um sangrento combate que aí se deu por ocasião de uma sedição em 1833[11]. O cavalo, a

---

11. A Sedição de 1833 foi um movimento que resultou das lutas entre defensores e inimigos da regência. Estes últimos desejavam a volta ao poder de d. Pedro I, que havia abdicado em 1831. O movimento foi energicamente abafado pelo vice-presidente Bernardo Pereira de Vasconcelos. O governo da província de Minas Gerais ganhou o apoio das localidades

princípio, relutou e queria seguir à direita; sem dúvida queria voltar pelo mesmo trilho por onde viera quando penetrou no quilombo, e que lhe era conhecido; mas seu senhor insistindo, forçoso lhe foi obedecer.

Anselmo disparou como uma flecha, e achando a princípio o terreno favorável, galopou até que não ouviu mais as falas dos quilombolas. Mas em breve se achou embaraçado por uma grota pedregosa, por onde corria um riacho; em procura de um caminho para saltá-la[12], gastou mais tempo do que levara a galopar meia légua. Como uma matilha de cães doutrinados, os negros iam-lhe direitinho na pista, como se o farejassem, e aproximavam-se com rapidez assustadora. Vencida felizmente a grota, Anselmo deparou do outro lado um trilho, talvez de gado; lançou-se por ele e ainda galopou sem empecilho por espaço de alguns minutos; mas em breve este trilho perdeu-se em

---

como Queluz (hoje Conselheiro Lafaiete), Barbacena e São João del Rei. Nesse período, a capital foi transferida para São João del Rei, enquanto Ouro Preto ficou sob o controle dos revoltosos. Após dois meses, o presidente da província, Manuel Inácio de Melo e Souza, o Barão de Pontal, retornou a Ouro Preto. Em 1835, o grupo de revoltosos foi anistiado.

12. Aparece "salvá-la" na 1ª. ed., talvez devido a um erro tipográfico.

um terreno eriçado de pedras, que muito retardou-lhe os passos. Mais adiante ganhou a lombada quase plana de um espigão, por onde seguia um trilho excelente, e metendo-se por ele em breve, ganhou distância considerável. No fim da lombada erguia-se um tope arredondado como um zimbório, liso e coberto de mimoso capim; o trilho fazia uma curva, que o contornava descendo suavemente. O cavaleiro continuou por ele seu galope de tufão.

Já os negros ficaram como a uns dois mil passos de distância. Se Anselmo não encontrasse mais estorvos por mais uns dez minutos, podia dar-se por salvo das garras dos quilombolas.

A primeira alva do dia começava a despontar. Anselmo reconheceu bem perto as alturas de José Correia e Boa Vista[13], e a estrada do Rio de Janeiro; ia em rumo certo. Apertou os calcanhares nas ilhargas do brioso animal, debruçou-se sobre suas crinas, bradando: – Eia, meu amigo, meu valente cabiúna!... mais um esforço, e estamos salvos. O cavalo o compreendeu, e desenvolveu toda a sua prodigiosa velocidade.

---

13. José Correia e Boa Vista eram localidades em torno de Vila Rica, hoje incorporadas ao território do município de Ouro Preto.

No ímpeto daquela carreira vertiginosa, Anselmo não reparava que a rampa do morro que costeava tornava-se cada vez mais íngreme, e que ele se achava dependurado no meio de uma dessas perambeiras horríveis, chanfradas, lisas, sem uma pedra, sem o menor ramo a que a gente se possa agarrar. A curvatura do trilho da rampa não lhe deixava ver o perigo que ia adiante e que cada vez mais se aumentava. Demais, Anselmo ia olhando além, procurando ao longe o rumo que tomaria, e não via o perigo que tinha debaixo dos pés. É assim que muitas vezes, a encarar o futuro, perdemos de vista o presente e caímos no abismo.

De súbito o cavalo, que nesse momento tinha mais instinto do que seu amo, estacou; mas era tarde. Anselmo estremeceu, e lançando os olhos em roda de si, sentiu gelar-se-lhe o coração. À direita era a perambeira, imensa, lisa e quase perpendicular, que, em uma enorme profundidade, ia terminar em um grotão coberto de espesso matagal. À esquerda era a continuação do mesmo roladouro que se erguia por cima de sua cabeça, e que só a irara ou o sagüi poderiam galgar. Para adiante, o trilho sumia-se estreitando a confundir-se na perambeira; mais um passo que aventurasse, cavalo e cavaleiro rolariam inevitavelmente no abismo. Voltar também era perigosíssimo, senão impossível. O trilho, em que se sustinha o cavaleiro, como no friso de uma muralha, teria quando muito palmo e meio de largura. Anselmo podia tentar fazer o seu cavalo voltar sobre os pés por cima do abismo e tornar sobre seus passos; mas este arriscadíssimo expediente só teria em resultado trazê-lo ao encontro dos quilombolas que se avizinhavam rapidamente em altos alaridos.

Cumpria tomar uma resolução extrema e com toda a prontidão. Anselmo notou que atrás dele, a poucos passos de distância, a perambeira fazia uma pequena ruga, coberta de ramos rasteiros, entre os quais a muito custo se poderia ocultar um homem. Esconder-se neles, deixando ali ficar o cavalo, seria o mesmo que mostrar-se aos quilombolas. Anselmo tomou uma resolução terrível, extrema; era a única que lhe restava. Apeou-se do lado superior da perambeira, firmou um dos pés sobre o estreito trilho, encostou-se à perambeira, agarrando-se nos capins, e, com o outro pé, empurrou vigorosamente o cavalo, que perdeu o equilíbrio, e rolou gemendo de boléu em boléu até sumir-se com um ruído horrendo na mata do grotão.

Pode-se imaginar, porém não descrever, a dor de coração com que Anselmo se resolveu a sacrificar seu cavalo; teria antes se deixado agarrar pelos quilombolas, se não fosse para salvar Florinda.

Capítulo VII

Apenas o cavalo sumiu-se no grotão, Anselmo sem mais demora foi, de rastos e agarrando-se aos capins, esconder-se na moita de que falamos, e lá encolheu-se todo como o coelho em sua toca.

Um momento depois chegaram os quilombolas, e posto que estivessem a pé, apenas os mais audazes se animaram a chegar até o lugar onde havia estacado o cavalo de Anselmo.

– Ah! cruz! santo nome de Jesus! exclamou um deles, que avançava adiante; vocês hão de acreditar que o diabo do cavalo do homem chegou até aqui!... daqui para adiante também nem cachorro, só rato ou lagartixa.

– Eh! coitado!... foi aqui que caiu no mundo... olha, malungo, o capim como ficou amassado na perambeira; foi em três bacadas... bum!... bum!... bum!... e afundou no buraco. Forte pena nós não termos enxergado.

— Eleguara te carregue, ira dos infernos, que tanto trabalho me tem dado. Assim acontecesse o mesmo com aquele maldito cabra que, a falar a verdade, é causador de tudo isto. Veja se nem ao menos aquele perrengue quis vir nos ajudar a pegar mulato? se não fosse aquele demônio trazer ocai no quilombo, a gente agora podia estar bem sossegado.

Quem falava assim era pai Mandu, um dos vigias de Anselmo, e que se via em apuros porque tinha de dar contas ao Zambi pela fuga do mulato.

— Deixa ficar, pai Mandu, respondeu Cabeça-de-Boi; há de chegar o dia dele também.

— Olha, Cabeça-de-Boi, eu juro pela cabeça de meu pai, que morreu na forca e que está lá na cidade espetada no pau, se Zambi me faz alguma cousa por ter deixado mulato fugir, quem me paga é esse cabra amaldiçoado.

O dia começava a clarear, a conversa dos negros continuava, e Anselmo, no seu mal seguro esconderijo, mal se atrevia a respirar. Tirou-se-lhe um peso de cima do coração quando, espiando por entre os ramos, viu desaparecer o último quilombola na curva da perambeira. Todavia não se afrontou a sair de seu esconderijo enquanto não deu tempo a que os negros se alongassem. Ficou arrepiado ao encarar o abismo em que se achava dependurado; viu no fundo do grotão a aberta dos ramos por onde seu cavalo fora engolido; duas grossas lágrimas lhe rolavam pelas faces ao lembrar-se da sorte fatal daquele brioso e nobre animal, que, naquelas poucas horas que acabavam de escoar-se, duas vezes lhe havia salvado, uma por seu instinto e fidelidade, por sua força e agilidade, outra à custa de sua própria vida. Mas a situação não era para lágrimas nem emoções; cumpria caminhar e cuidar em salvar Florinda.

Anselmo, a pé, torna a voltar tremendo e com infinita precaução pelo mesmo trilho que uma hora antes tinha vencido a todo o galope. A favor da luz do dia, e sem receio de ser mais perseguido facilmente, se orienta, chega ao arraial da Boa Vista, toma aí uma cavalgadura e alguma roupa, pois fugira descalço, sem chapéu e em mangas de camisa, e encaminha-se a toda pressa para Vila Rica.

Enquanto Anselmo voa a Vila Rica a informar o governador e pedir providências para dar no quilombo e libertar sua querida Florinda, voltamos ao mesmo quilombo a ver o que aí se passa durante esse dia.

Cassange, sentado em um rochedo à entrada do quilombo, junto à cascata que já mencionamos, esperava com ansiedade e impaciência o resultado da perseguição do fugitivo.

– Então, que é dele? bradou de longe, apenas avistou os quilombolas. Pois nem vivo, nem morto! corja de patifes.

Falando assim, Cassange levantou-se, erguendo sobre o rochedo sua figura colossal, bateu com o pé no chão, pôs as mãos sobre as ilhargas, e lançou a cabeça para trás com expressão sinistra e os olhos fuzilantes de cólera. Parecia um Hércules de bronze enegrecido pelo tempo, sobre pedestal de pedra.

– Não, Zambi; o mulato cufou[14], mas não foi possível trazê-lo.

– Por quê, pasmados?... pois nem a cabeça ao menos?...

– Nem a cabeça, Zambi; despencou com cavalo e tudo por uma perambeira abaixo, e rebentou lá no fundão no meio do mato. Lá só urubu pode bolir com ele.

– Huuum!... resmungou Cassange; eu antes queria que ele acabasse nas mãos daquele mal-

---
14. Morrer, em língua quimbundo.

dito cabra... Mas não tem nada. Juro pelo pau da forca que a mulata não há de ser dele.

A um aceno do Zambi todos se encaminharam para o quilombo. Cassange estava sombrio e pensativo. Os quilombolas também não pareciam satisfeitos, e notava-se entre eles um certo sussurro de descontentamento.

Apenas chegaram, Cassange recolheu-se a seu rancho, sentou-se no jirau, fincou os cotovelos sobre os joelhos, pousou o rosto entre ambas as mãos, e começou a rolar os grandes olhos em torno de si.

– Negócio não vai bem! banzava ele consigo. É preciso dar cabo desse cabra amaldiçoado que veio trazer azar ao meu quilombo. A mulata, sabendo que o outro cufou, há de escolher por força um companheiro, e bem pode ser que queira o cabra, que é conhecido e seu parente dela, e isso Joaquim Cassange não agüenta. Esse diabo e mãe Maria estão virando a cabeça de minha gente. Coitados deles! isso mesmo é que eu queria. Deixa, deixa eles virarem contra mim; eu hei de mostrar ainda uma vez para quanto presta Joaquim Cassange!...

E o Zambi levantou-se batendo palmas e dando uma risada satânica. Nesse momento aparece-lhe Mateus Cabra ao limiar do rancho.

– Zambi Cassange, diz-lhe ele, é hora de cumprir o prometido.

– Como assim, pai?

– Zambi não disse que não me entregava Florinda enquanto o mulato Anselmo fosse vivo.

– É verdade.

– Agora que ele cufou, como Zambi sabe, é ocasião...

– Sai daí, pai! interrompeu bruscamente o chefe. Porventura foi você que matou ele?... nem ao menos você soube acompanhar teus parceiros para pegar ele. Escuta bem, pai, você é perrengue, não merece nada. Vai-te embora, que Florinda você não apanha, não; é à toa teimar. Eu gosto de falar as coisas uma vez só.

– Zambi, Zambi! olha bem o que faz.

– Quem governa aqui, cabra do inferno?... sou eu ou você?...

– Quem governa nós todos é Zambi do céu; toma sentido, Zambi Cassange, ele não castigue você!...

– Rapaz, toma seu rumo, antes que eu perca a paciência...

– Adeus, Zambi Cassange.

– Eleguara te carregue, aru maldito.

Pela linguagem atrevida do cabra, Cassange compreendeu que a revolta ou defecção já estava projetada, e talvez muito adiantada, e que era tempo de tomar suas medidas. Levando aos cantos da boca dois dedos de cada mão, deu três fortes assovios, sinal de reunião de toda a horda. Em poucos instantes estavam todos reunidos diante dele. Eram cerca de oitenta. Zambi falou-lhes assim:

– Escuta bem, minha gente, o que eu vou falar. Há muitos dias que nós não fazemos nada. Foi hora aziaga essa em que entrou neste quilombo esse aru que trouxe *mondiá*[15] para desassossego de nós todos. Aqui nunca houve candonga; agora candonga está fervendo, noite e dia, no meio de nós todos. Desta maneira nós estamos perdidos, e a forca lá está em Vila Rica à espera de nossas cabeças. Olha bem, minha gente, isto assim não vai direito. Eu não quero que me tragam mais *mondiá* aqui. Se alguma quiser vir de sua livre vontade, vá feito; mas, furtada, não. Nosso vinho está acabando, carne e toucinho também, e a despensa está precisando de sortimento. É preciso que vocês todos, hoje, vão para a estrada ver se fazem alguma colheita. Ficam comigo só os meus doze pares, e mãe Maria para cuidar dessa mulata.

---

15. Azar, jetatura, mau olhado, e também rixa, desavença.

Cassange fez esta fala mais para sondar o espírito e a disposição de seus quilombolas do que para outro qualquer fim. Notou que, se muitos a acolheram com alarido de aprovação, muitos outros deram mostras de ouvi-lo de mau humor. Os negros saíram em grupos: os que eram fiéis ao Zambi foram tratar de executar as suas ordens, os outros porém foram-se separando disfarçadamente de seus parceiros, e foram-se reunir em uma furna a meia légua de distância, debaixo da presidência de Mateus Cabra, para concertarem a trama da conspiração. Houve alguma divergência nas opiniões. Alguns eram de opinião que deviam matar Cassange e ficar no mesmo quilombo, escolhendo outro chefe. Outros entendiam que deviam abandonar o quilombo de Cassange e desertar para o de outro chefe famoso conhecido pela alcunha de Cara-seca, o qual, diziam, tratava muito melhor sua gente, e não era um mandingueiro feroz e encasmurrado como Cassange, que só queria ocai para si, e não deixava seu povo beber e folgar. Outros, e estes formavam o maior número, eram de parecer que o melhor era separarem-se de Cassange sem barulho, se fosse possível, escolherem seu Zambi e formarem quilombo à parte e independente.

Depois de uma deliberação tumultuosa, que não se passou sem alguns socos e cabeçadas, decidiram que no dia seguinte iriam declarar sua resolução a Cassange, despedir-se dele e de seu quilombo, exigindo igualmente a entrega de Florinda. No caso que ele se opusesse a esta deliberação, eles, que eram muitos, resistiriam e à força dariam execução ao seu plano, e então, em vez de se separarem, dariam cabo de Cassange, nomeariam outro chefe e continuariam no mesmo quilombo.

Capítulo VIII

Logo que os outros quilombolas se dispersaram, disse Cassange aos seus fiéis companheiros, os doze pares:

— Fiquem vocês aqui bem alerta, e tomem muito sentido nessa menina, sentido também com esta mãe, continuou em voz mais baixa para que Maria não o ouvisse. Não me deixem ela sair daqui. Eu vou sair a dar uma volta que me é preciso, e em poucas horas estou aí.

Dito isto desapareceu no fundo de sua cabana, entrou pela mina ou respiradouro de que já falamos, e surgiu fora do quilombo.

A pobre Florinda aí jazia estirada, mais morta do que viva, sobre a sua esteira, assistindo assombrada a todas aquelas cenas, sem as compreender, como quem se achava num mundo estranho povoado de fantasmas e duendes.

– Minha tia, disse ela para Maria, logo que Cassange se retirou, minha tia, não saberá me dizer que fim levou Anselmo? Estes dias atrás às vezes eu sempre enxergava ele, e ainda que não podia falar com ele, ouvia a sua voz; mas de ontem para cá sumiu-se. Ah! meu Deus! quem sabe se o mataram.

Tanto Maria como Cassange não queriam que Florinda tivesse notícia da suposta morte de Anselmo, não porque tivessem dela compaixão, mas aquela porque receava que Florinda, entregue ao desânimo e vendo-se de todo perdida, se entregasse à discrição do Zambi; este porque temia que, perdendo Anselmo, ela se desse a Mateus. Como dois espíritos rudes e grosseiros que eram, ambos se enganavam redondamente. Florinda, posto que escrava, tinha sensibilidade viva e delicada, amava deveras, e nada, senão a morte, poderia fazê-la esquecer-se de Anselmo.

À pergunta da menina, Maria respondeu:

– Qual, minha, filha; ele está aí mesmo. Zambi mandou botar ele mais longe, porque não gosta que ele esteja enxergando você. Tem paciência, breve vocês hão-de se achar juntos...

– Ah! mãe Maria, um anjo lhe fale pela boca.

Nas faldas do Itacolomi, em uma quebrada profunda e quase inacessível, tinha nessa época o seu quilombo o famoso chefe João Cara-seca. Era antigo aliado e amigo de Cassange. Os dois chefes se correspondiam freqüentemente, e davam aviso um ao outro de qualquer ocorrência que os pudesse interessar. Tinham dividido entre si o teatro de suas correrias e depredações. Cara-seca, alapardado na serra do Itacolomi, dominava o norte de Vila Rica, e exercia suas pilhagens pelos distritos de Mariana, Antonio Pereira, Camargos, Bento Rodrigues, até quase as imediações de Santa Bárbara. Cassange, colocado como uma aranha na Itatiaia, estendia as suas teias para Itaverava, Ouro Branco, Cachoeira e Ouro Preto. As duas quadrilhas, posto que independentes, se auxiliavam e protegiam mutuamente. Em qualquer aperto, para empresas arriscadas, e mesmo para sufocar qualquer distúrbio interno, os dois chefes se deviam mútuo auxílio.

Cara-seca, que em quase tudo era um contraste de Cassange, à exceção da astúcia e da energia, era um negrinho baixo, seco e magro. Seu corpo era todo músculo e osso, assim como seu espírito era só energia e vivacidade.

Era meio-dia quando Cassange, que em menos de duas horas, graças ao seu vigor e às suas compridas pernas, através de barrocas, furnas, brenhas e penedias tinha vencido as três léguas que mediavam entre os dois quilombos, chegou suando e esbaforido ao covil de seu ilustre aliado. Felizmente para ele Cara-seca se achava nesse dia em casa com quase toda sua horda. Cassange, como aliado e amigo muito conhecido, foi entrando pelo quilombo adentro, como quem entrava em seus domínios, até o rancho em que Cara-seca, reclinado no seu jirau sobre uma pele de onça, com um gorro de seda bordado de ouro na cabeça, chinelos de marroquim vermelho nos pés, e um finíssimo xale de caxemira traçado ao ombro, fumava um rico cachimbo de espuma do mar, e tagarelava alegremente com um bando de lindas e vistosas negras, crioulas e mulatas, que o rodeavam. Suas odaliscas trajavam com igual luxo; vestiam cambraia e seda, e no pescoço e nas orelhas o ouro e o diamante cintilavam com profusão.

A figura esquálida e tosca de Cassange, sua austera catadura, contrastavam singularmente com a de seu amigo e aliado, e o seu todo estava em completa desarmonia no meio daquele grupo vistoso e folgazão. As raparigas puseram-se a rir e a cochichar umas com outras; mas Cassange, embebido em seus pensamentos, nem delas deu fé. Cara-seca acolheu seu amigo com um grito de surpresa e alegria, e levantando-se foi apertar-lhe cordialmente a mão.

– Oh! amigo Cassange!... muito bem aparecido nesta casa... por que não me avisou, que eu queria receber meu amigo com todas as continências devidas a tão alta senhoria?...

– Deixa disso, malungo; eu não vim cá para cerimônias.

– Mas, meu amigo, está cansado... senta, Cassange. Rosa, vai acender um cachimbo para Zambi Cassange, e senta aí perto dele. Você, Laura, vai ver um pedaço de presunto, azeitonas e bolachas... Um copo de vinho, hein, Cassange?... ou de cerveja?...

– Nada! nada disso, meu amigo; manda-me vir uma cuia de água.

– Eh!... Cassange! sempre o mesmo, não é assim?... não te entendo, não; deveras, Cassange. Pois a gente passa tanto trabalho, e corre tanto risco, para que é?... se não é para ter algum regalito nesta vida, leve tudo a carepa[16].

---

16. O mesmo que levar a breca, ou seja, morrer, desaparecer.

– Está bom, Zambi; é assim mesmo como você diz; mas deixa essa conversa para outra ocasião. Agora eu tenho pressa, e queria um particular com você.

– Às ordens, respondeu cortesmente Cara-seca.

A um aceno deste, as raparigas se retiraram, e Cassange esteve conversando em voz baixa com Cara-seca cerca de meia hora.

– Não tem nada, parceiro, disse por fim Cara-seca; a cousa se há de arrumar. Nestas terras de Vila Rica não pode haver mais do que dois quilombos, de Cassange e de Cara-seca. Quem quiser arranjar outro, perde seu tempo. Aqui não pode haver mais de duas cabeças. Eu não quero tua gente aqui, e nem você deve querer a minha lá por essa maneira. Está decidido. Quanta gente você precisa?...

– Bastam-me vinte.

– Por seguro leva trinta.

Cara-seca assoviou, e daí a um minuto todo o seu povo estava em sua presença.

– Escolhe você que conhece eles melhor do que eu.

Cara-seca chamou pelos nomes trinta dos seus, e disse-lhes simplesmente: – Acompanhem Zambi Cassange.

Os dois ilustres chefes se abraçaram cordialmente, e Cassange saiu acompanhado por seus trinta auxiliares.

Chegou a seu quilombo quase ao pôr-do-sol, deixando os auxiliares ocultos a certa distância. Apenas chegou, perguntou-lhe mãe Maria:

– Que é que você andou fazendo sozinho por esse mato até esta hora?...

– Nós estamos quase sem carne e sem toucinho. Nossa gente estes dias não tem feito nada, e por isso fui comprar uma porcada para nós comermos.

Mãe Maria acreditou piamente nas palavras de Cassange. Os quilombolas tinham de feito intermediários que especulavam com eles, e por meio dos quais faziam grandes transações de compra e venda, e esses intermediários, não poucas vezes, eram pessoas que gozavam de vantajosa posição na sociedade.

– Mãe Maria me conta uma cousa, continuou Cassange no tom o mais descuidoso, haverá por aí bastante corda bem forte e bem trançada?...

– Para quê, Cassange?...

– É para fazer varal para estender carne e toucinho; a porcada é muito grande.

– Eu sei, disse indiferentemente Maria. Aí pelos ranchos desses pais há de haver alguma.

– Pois vamos ajuntar toda.

De feito Cassange e mãe Maria saíram pelos ranchos dos quilombolas, ajuntando quanta corda acharam. Cassange as arrumou todas num monte, num canto de seu rancho.

– À noite os negros chegaram sem trazer nada ao quilombo. Cassange, que já esperava por isso, recomendou aos seus fiéis doze pares que fizessem boa guarda, recolheu-se e foi deitar-se sem dizer mais nada.

Capítulo IX

Ao romper do dia Cassange estava assentado à porta de sua choça, fumando sossegadamente o seu cachimbo. Os seus doze pares estavam a seus lados, em certa distância, tomando café e fumando, mas com suas armas prontas, pois Cassange já lhes tinha passado palavra para estarem apercebidos. Florinda estava assentada por detrás dele, coitadinha! toda encolhida, e transida de sustos e amarguras.

O primeiro que se lhe apresentou foi o cabra Mateus.

Colocou-se de braços cruzados diante dele e disse-lhe com certa solenidade:

– Saberá, Zambi Cassange, que eu e mais outros muitos parceiros queremos nos ir embora tratar de nossa vida em outra parte e por nossa própria conta. A lei e o juramento que nos damos nos obrigam a não fazer mal nenhum a nossos companheiros, e nós nunca seremos falsos a Zambi Cassange nem a sua gente; mas não queremos mais ser sujeitos a ele. É isto que eu venho falar a Zambi Cassange.

– Está direito, respondeu o chefe com toda a pachorra, não há de ser Joaquim Cassange que há de atrapalhar sua vida de vocês. É só isso?... não querem mais nada?...

– Também havemos de levar tudo quanto é nosso: nossas roupas, nossas armas, nosso ouro e nossas ocaias, aqueles que as tiverem, e eu, da minha parte, peço a Zambi Cassange que me entregue Florinda, que é minha, porque fui eu que a trouxe para este quilombo.

– Nada mais?...

– Nada, Zambi Cassange.

– Está direito. Agora você vai chamar todo o povo deste quilombo aqui; quero saber com quanta gente fico, e quais são os meus, e quais os de vocês lá.

Daí a alguns minutos todos os quilombolas estavam reunidos diante de Zambi.

– Minha gente! disse-lhes ele, sei que alguns de vocês querem me deixar; eu não sei que razão de queixa vocês têm de mim. Mas enfim vocês lá sabem o que fazem. Agora, o que eu quero é que todos aqueles que continuam a ficar comigo passem para aquela banda, e apontou com o cachimbo para a direita, e os outros fiquem ali, e apontou com a cabeça para o lado esquerdo, cuspindo por entre os dentes à moda africana.

Assim o fizeram. Separadas as duas parcialidades, Cassange contou e viu que, dos oitenta e tantos quilombolas que comandava, apenas uns trinta e poucos lhe tinham ficado fiéis.

Mas o astuto africano já tinha contado com isso, e portanto tinha tomado suas medidas.

– Está bom, disse o Zambi, agora o que mais querem?

– Agora, diz Mateus adiantando-se, só resta que Zambi me entregue Florinda e nos dê sua bênção, que nós vamos embora já.

– Pois não entrego Florinda e nem dou a minha bênção, e nenhum de vocês arredará o pé daí sem minha ordem.

– Que está falando, Zambi Cassange? bradou Mateus.

– Tenho dito!...

E o formidável africano, que até ali tinha aparentado uma impassibilidade e pachorra incrível, lançou o cachimbo a um lado, ergueu-se em pé colossal e terrível, bateu rijamente o chão com o pé, e bradou pela segunda vez:

– Tenho dito!

– Sangue! guerra! morte a Cassange!... gritou Mateus voltando-se para os seus, e agitando no ar a faca desembainhada. Sangue! guerra! morra o Cassange! responderam os outros em altos alaridos.

Cassange brandiu um curto cacete que tinha na mão, e que foi zunindo e rodopiando pelos ares bater direito no punho do cabra, e fez saltar-lhe a faca da mão, dando um grito de dor. Imediatamente Cassange leva os dedos à boca e dá três assovios agudíssimos, rapidamente um após o outro. Era o sinal convencionado. No mesmo instante os trinta quilombolas de Cara-seca aparecem atrás dos insurgentes e lhes apontam seus mosquetes. Ao mesmo tempo os doze pares de Cassange colocaram-se à sua frente, com as armas engatilhadas. Os revoltosos olhavam em redor de si, atônitos e aterrados. A maior parte deles caiu de joelhos, batendo palmas e pedindo perdão.

Somente Mateus, e mais seis companheiros, ousaram resistir por algum tempo; mas foram logo garroteados e amarrados.

Cassange entrou no rancho, e saiu imediatamente com um braçado de cordas na mão, e as foi distribuindo pelos seus.

— Amarra, amarra essa cambada, dizia ele, e os quilombolas, sem mais demora, foram dando cumprimento a essa ordem, e em poucos minutos os rebeldes estavam todos amarrados de pés e mãos, como porcos que têm de ir para o matadouro.

— Então, cabrito, tu querias derribar-me do poleiro?... disse Cassange para Mateus. Ah! tu não conhecias quem é Joaquim Cassange... Agora, gente, amarra também aqui esta mãe... E apontou para mãe Maria.

— Qual mãe?... perguntaram os quilombolas espantados.

— Esta negra; esta que aqui está, repetiu Cassange, agarrando-a pelo braço.

— Amarrar a mim!... disse a negra aterrada, você está maluco, Cassange?...

— Logo você há de saber quem está maluco, disse Cassange com um riso diabólico. Ah! mãe Maria! mãe Maria! você não há de ter o gosto de transtornar mais outra vez meu quilombo, não.

— E quem é aqui que há de se atrever a botar a mão em Zambi-ocai?...

— Eu, Zambi Cassange! E Cassange tomou uma corda, arrochou-lhe bem os pulsos e amarrou-a ao tronco de uma árvore.

Florinda assistia com olhos espantados a todas aquelas cenas de horror, sem poder atinar qual era a causa, nem qual seria o desfecho daquele drama pavoroso. Mas enfim animou-se a ir ajoelhar-se aos pés de Cassange e pedir pelos negros em nome da Virgem Maria.

— É a mãe do céu mesmo, replicou o Zambi, que me manda fazer o que estou fazendo. É preciso mandar para o inferno esta cambada de traiçoeiros.

— Mas, mãe Maria, coitada!... é tão boa!... que mal te fez ela?...

— Cala a boca, menina!... Ela queria dar cabo de mim e de ti; pobre de ti, se caísses nas unhas daquela suçuarana...

Florinda não ousou dizer mais nada; Cassange chamou dois dos seus.

— Vão por aí escolher duas forquilhas bem grossas e da altura de dois homens, e uma viga bem comprida; cortem e tragam-me aqui.

— Para que isso?... perguntou Florinda assustada.

– É para fazer um varal de estender carne.
– Ah! exclamou a rapariga acreditando ingenuamente.

Passaram-se no quilombo algumas horas de morno e sinistro silêncio, que só foi interrompido quando chegaram os quilombolas trazendo as forquilhas e a bilha[17] encomendada.

Cassange, que durante todo esse tempo se recolhera a seu rancho a cachimbar com todo o sossego, e que havia mesmo passado por um sono, saiu e foi marcar o lugar e a distância em que deviam fincar as forquilhas, obra que em menos de uma hora ficou pronta. Era um magnífico varal de vinte pés de comprido e doze de alto.

O sol já ia quase a ponto do meio-dia. Como até aquela hora ainda não haviam comido, mandou a sua gente que fossem aprontar comida para si, para a gente de Cara-seca e para os presos. Passaram-se assim mais algumas horas de horrível inquietação e assombro.

Depois que todos se acharam de novo reunidos diante de seu rancho, Cassange tomou oito cordas bem fortes, com um nó corredio

---

17. Apesar de constar "bilha" nas três edições consultadas, parece haver aí um engano, pois os quilombolas tinham saído para buscar uma "viga", e não uma "bilha".

na extremidade, e mandou pendurá-las no varal a igual distância uma da outra.

Tudo isto se passava no meio de um morno e sinistro silêncio. A noite vinha baixando, e a sombra do crepúsculo aumentava mais o horror daquela tenebrosa cena.

– Mãe Maria, disse Cassange chegando-se para ela, é hora.

– De quê, Cassange?

– Então você não sabe?... é hora; vamos.

– Ah! já sei; abençoado sejas tu, meu Cassange!... é hora de te preparar o cachimbo e te aprontar a ceia; pois vamos; anda, manda-me soltar.

– Não, minha tia; você hoje vai cear com Eleguara no inferno. Aquela primeira corda é para ti; você, como rainha, deve ir adiante. Os outros te acompanharão de perto. O cabra será o último.

Mãe Maria quis atirar-se ao chão de joelhos implorando compaixão. Mas, amarrada estreitamente ao tronco, ficou meio dependurada, estorcendo-se entre horríveis torturas.

Florinda não pôde conter os impulsos de seu compassivo coração. Apesar do horror e do medo de que se achava possuída, correu a arrojar-se aos pés de Cassange.

– Cassange! Cassange!... exclamou com voz entrecortada de soluços, por quem és! por piedade... por Nossa Senhora do Rosário... pelas cinco chagas de Cristo!... não mata ela, não...

Não pôde dizer mais; a voz se lhe afogou em lágrimas e soluços.

– Ah!... você pede perdão para ela, menina?...

– Sim, Cassange! perdão! por piedade.

– E se eu perdoar, que paga você me dá?

– Eu, Cassange! eu, uma pobre cativa, que tenho para dar-te?

– Tem muito, menina.

– Pois fala, fala, Cassange. Eu prometo tudo, tudo, contanto que você não mate mãe Maria.

– Você promete tudo?

– Sim, prometo; fala; o que quer de mim?

– Quero que você seja minha ocai.

Florinda deu um grito, levantou-se e recuou três passos.

Maria, que tudo escutava, bradou:

– Não caia nessa, Florinda, por essa maneira eu não quero viver, não... Ai de ti, se você cai nas unhas desse tigre; ele te há de fazer o mesmo que está fazendo a mim. Florinda, foge dele, foge. E você, Cassange, me mata já depressa.

– Cala essa língua danada, negra do inferno!... bradou Cassange; e voltando-se para Florinda, disse-lhe com voz seca e breve: Veja em que fica, menina.

Florinda estava quase a prometer tudo para salvar a negra. Ela por certo antes queria morrer do que entregar-se a Cassange. Que importa?... morreria. Ela, tão infeliz, que perderia com a vida?... mas Anselmo! Anselmo, que tanto se havia sacrificado por ela, ela devia viver para ele... hesitou e lançou para a negra um olhar repassado de dor e compaixão.

A negra, vendo o silêncio e a perplexidade de Florinda, entendeu que ia ceder, e gritou:

– Não, menina; não quero viver, não; deixa ele me matar. Se você aceita, sou eu quem hei de te matar.

Falando assim, a negra estorcia-se, rangia os dentes, espumava, e esbugalhava os olhos de uma maneira horrível. Florinda tapou os olhos com as mãos, e caiu com a face em terra.

– Mãos à obra! disse Cassange para três pretos que se achavam junto dele. Estes desamarraram a negra do tronco e a conduziram para o varal; aí passaram-lhe ao pescoço o nó da primeira corda, e enquanto dois pegavam na extremidade desta, o outro lestamente trepou à travessa do varal. Ao medo e à prostração tinha sucedido no coração da negra um furor selvagem; seus olhos vermelhos se revolviam como duas brasas, e os lábios espumantes murmuravam convulsivamente sons ininteligíveis.

– Iça! bradou Cassange batendo com o pé na terra.

No mesmo instante o corpo da mísera negra oscilava suspendido cinco palmos acima do chão; e o negro, que estava sobre a travessa, rematou a obra calcando-lhe os ombros com os pés. Florinda, que até ali conservara os olhos tapados com as mãos, animou-se a olhar. A negra, com um palmo de língua de fora, os dentes arreganhados, e os olhos túrgidos e horrivelmente estufados, olhava para ela abanando brandamente a cabeça com a oscilação da corda. Florinda deu um grito de pavor e desmaiou.

Um quarto de hora depois mãe Maria tinha a seu lado mais seis companheiros dependurados. Restava uma corda só desocupada.

– Bem! disse Cassange esfregando as mãos, está mãe Maria com sua gente; deve estar satisfeita. Os outros ficam perdoados. Quando branco nos passa a unha, assim é que costuma fazer; os maiorais só é que vão aos três paus; os outros são surrados e entregues a seus senhores. Vocês outros estão perdoados porque abaixaram o topete e pediram misericórdia, mas por castigo ficam aí amarrados até amanhã.

Mateus respirou; cuidou um momento que estava no número dos perdoados, e exultava dentro da alma, surpreendido de tão inesperada felicidade. Mas Cassange continuou:

— Falta só um; principiei a festa pela rainha, agora devo acabar pelo rei. Mateus, avia-te; é a tua vez. Olha, tua gente está à tua espera; teu quilombo está pronto; Zambi-ocai já lá vai adiante; Zambi Mateus, acompanha tua gente.

Mateus mordeu urrando as cordas que lhe apertavam os pulsos, como querendo dilacerá-las com os dentes.

— Soltem esse rapaz, diz Cassange, e levem-no para seu lugar de honra. Não fica bonito um Zambi ir comandando sua gente de mãos amarradas.

Mateus, logo que se viu solto, atirou-se enfurecido sobre os executores; mas um rijo soco que Cassange lhe desfechou na nuca o fez morder a terra, e foi arrastado para o lugar do suplício. A corda já lhe estava passada ao pescoço, e os ministros do tétrico Zambi só esperavam a terrível voz de: iça!

Nesse momento Cassange, à porta de seu rancho, escutava Florinda, que tendo tornado de seu delíquio, de joelhos a seus pés, lhe rogava com quanto soluço ainda podia exalar no peito alquebrado, que não matasse, que perdoasse o pobre cabra.

– Ah! disse o chefe com voz sinistra e carregada, você pede também por este!... pior para ele!...

Florinda amedrontada não ousou continuar.

Já a temerosa voz de: iça! tremia nos lábios do sanhudo Zambï. Um tiro ecoou, ouviu-se o silvo de uma bala, que foi cravar-se na cabeça do executor que estava sobre a viga, e o algoz caiu fulminado aos pés do paciente.

Capítulo X

Anselmo, tendo escapado por um modo quase miraculoso às garras dos quilombolas, voou direito a Vila Rica, como já dissemos, e não apeou-se senão à porta do palácio. Era então governador-general dom Manuel de Portugal e Castro, que foi o último governador da capitania, e o primeiro presidente da província de Minas Gerais.

Dom Manuel acolheu benignamente o moço, e escutou com mostras de sumo interesse a minuciosa narrativa que ele fez dos acontecimentos extraordinários, e de que o moço fora parte tão importante. Cassange e Cara-seca eram o terror das imediações de Ouro Preto havia[18] perto de vinte anos, em um raio de cinco a seis léguas em redor. Não havia segurança alguma para os viandantes e tropeiros; o roubo nas estradas e a pilhagem nas fazendas eram quotidianos. Em vão os capitães-do-mato traziam quase todos os dias, metida em um saco, a cabeça de um quilombola, e recebiam por cada cabeça cinqüenta oitavas de ouro; em vão as milícias e os apenados batiam aqui ou ali um quilombo; acolá ressurgia outro mais forte e numeroso, e a pilhagem e o roubo continuavam sempre cada vez com mais audácia e mais freqüência. Chegou o negócio a ponto que alguns donos de tropa e fazendeiros, vendo a impotência do governo para protegê-los, estipulavam com os chefes de quilombo, obrigando-se a pagar-lhes uma certa contribuição, para que os não incomodassem.

---

18. A 1ª ed. traz "há", corrigido aqui para "havia"; esse uso temporal é recorrente neste conto.

O negócio era portanto de suma importância, e o governador deu parabéns à sua fortuna, que lhe deparava por fim aquele meio providencial de destruir o quilombo do famoso e formidável Cassange, que havia[19] tanto tempo zombava de seus milicianos e capitães-do-mato.

– Então vosmecê, diz afinal o governador, atreve-se a ir mostrar exatamente o lugar onde existe o quilombo?...

– Não só mostrar, excelentíssimo senhor, como mesmo me obrigo a agarrá-los todos um por um, se Vossa Excelência permitir e me der a gente necessária para essa diligência.

– E que número de homens julga que será preciso?...

– Cinqüenta pessoas entendo que serão bastantes, excelentíssimo senhor.

– E vosmecê se compromete com essa gente a dar conta dos quilombolas todos aqui, mortos ou amarrados? Olhe que a empresa é audaz e temerária.

– Se não der conta dela, excelentíssimo senhor, replicou Anselmo com exaltação, eu que perca esta cabeça.

---

19. "Há", na 1ª ed., corrigido aqui para "havia".

Com autorização do governador se pôs à testa da organização da diligência, escolheu a melhor gente entre milicianos e capitães-do-mato, e no outro dia estava pronto com mais de sessenta homens, pois que muitas outras pessoas espantosamente[20] se ofereceram para coadjuvá-los.

A surpresa só podia ser feita de noite, por ser essa a única ocasião em que os negros, achando-se reunidos no quilombo, podiam ser todos agarrados em um só feixe.

Antes que os quilombolas, ao verem tombar varado por uma bala o algoz aos pés do paciente, pudessem sair de seu assombro, uma figura se apresentou de chofre na arena em que se dava aquela hedionda cena; uma chusma de soldados e capitães-do-mato, armados dos pés à cabeça, o seguiam de perto.

Era Anselmo. Os quilombolas cuidavam ter diante de si um fantasma vindo do outro mundo, e, cheios de pavor, olharam em roda de si, só procurando um lado por onde pudessem fugir; porém os milicianos, com os mosquetes preparados, fecharam rapidamente um círculo em redor deles. Cassange já tinha mandado

---

20. "Espantosamente", na 1ª ed., mudado nas seguintes para "espontaneamente".

embora os trinta auxiliares de Cara-seca; metade dos seus estavam amarrados fortemente de pés e mãos, e nem Cassange naquele momento poderia contar muito com a lealdade e dedicação deles. Os que podiam lutar eram muito poucos para resistir.

Cassange deu um urro como de touro enraivado, saltou sobre o fogo que alumiava escassamente aquele recinto, apagou e espalhou os tições com os pés, e bradou: – Fuja, fuja quem puder.

O lugar ficou sepultado em completa escuridão, e deu-se nas trevas um tumulto horrível; era pela fala e pelo tato que os soldados e capitães-do-mato podiam diferençar-se dos quilombolas, mas nem assim puderam evitar que se ferissem uns aos outros, e o mesmo aconteceu aos quilombolas.

Enquanto os seus lutavam nas trevas, procurando a todo custo impedir a fuga dos negros, Anselmo mais que depressa reuniu de novo os tições e procurou reatear o fogo que Cassange tinha apagado. Apenas conseguiu acender uma pequena labareda, correu ao ranchinho onde sabia que era o aposento de Florinda. Não a achou; o coração gelou-se-lhe de susto; apalpou a esteira; o lugar parecia ainda estar quente de seu corpo. Aplicou o ouvido em roda de si, cuidou ouvir algum rumor e como gemidos abafados pela furna abaixo. Chamou depressa dois dos seus companheiros mais resolutos, e deixando a cargo dos outros filar e amarrar os quilombolas, afundou com eles pela furna abaixo.

Mateus, vendo suspensa a sua execução por aquele estranho e imprevisto incidente, criou alma nova. Esperto e ágil como um sagüi, escapou-se através do conflito que se ia travando, correu direito ao rancho onde Florinda, quase sem sentidos, tinha sido depositada, tomou-a nos braços, debruçou-a sobre um de seus robustos ombros e fugiu com ela pela floresta adentro.

Anselmo e seus dois companheiros se puseram à pista do fugitivo, procurando fazer o menor rumor possível através de um mato que se tornava cada vez mais escuro e emaranhado, e guiados apenas por um ligeiro ruído de taquaras e ramos e por uns fracos gemidos que de quando em quando ouviam. As dificuldades, porém, que encontravam ainda, eram maiores para aquele a quem perseguiam, e que levava nos ombros uma carga não muito leve, e sobremaneira melindrosa.

Assim pois, pouco a pouco, se foram chegando ao enlace[21] do fugitivo. Já sentiam mais perto o arquejo afadigado do cabra, e os soluços sufocados da rapariga, depois de uma hora de marcha em que teriam andado quando muito um quarto de légua. Por fim, por mais que aplicassem o ouvido, não percebiam rumor algum, senão o bulício do vento na folhagem. Todavia foram avançando por onde o solo e as brenhas ofereciam maior facilidade. Avançaram mais uns cem passos, e acharam-se empenhados em estreita assentada, cuja esquerda era um despenhadeiro coberto de árvores cujos topes tocavam com as mãos; à direita era uma acumulação de rochedos acamados uns sobre outros, formando uma verdadeira muralha cheia de grotas, de anfractuosidades e lapas, que a tornavam completamente impraticável. Deram mais alguns passos e viram que o abismo que os acompanhava à esquerda, e a linha de rochedos que os flanqueava à direita, encontraram-se-lhes pela frente e embargaram-lhes completamente os passos. Sondaram à direita e à

---

21. Deve ser "encalce", como aparece grafado na edição da década de 1940.

esquerda cautelosamente e às apalpadelas, e não puderam encontrar saída alguma, a não ser rolando pelos abismos ou voando por cima dos rochedos.

– Sem dúvida está escondido por aqui, disse Anselmo em voz baixa. Fiquem lá atrás alguns passos, e ouvido alerta. Eu vou ver se acendo fogo, porque às escuras nada poderemos fazer.

Anselmo feriu fogo na pedra de sua espingarda, ajuntou alguns ramos secos, e daí a instantes conseguiu atear uma pequena chama. Com um facho de ramos acesos na esquerda, e com a pistola engatilhada na direita, pôs-se a investigar os escaninhos dos rochedos. Não levou muito tempo a descobrir Mateus, alapardado em uma anfractuosidade, leito de enxurradas que fendiam o rochedo de alto a baixo; o cabra estava sentado em uma aspereza da rocha e tinha sobre os joelhos Florinda inteiramente desmaiada.

É impossível descrever o que tinha a um tempo de pavoroso e tocante aquele quadro sinistro. As pernas, descobertas até o joelho, lhe pendiam de um lado, o colo estava surtido sobre o braço esquerdo de Mateus, e a cabeça dependurava-se inerte para o chão, pálida e insensível como uma estátua, deixando entornarem-se as madeixas bastas e caracoladas a confundirem-se e enlearem-se com as samambaias e trapaceiras que guarneciam o rochedo. Suas feições suaves e sedutoras ressaltavam de um modo encantador entre a luz viva que lhe batia de um lado e a profunda escuridão da espelunca em que se achava.

E sobre aquele corpo tão formoso, sobre aquele rosto de uma pureza e serenidade angélica, sobre aquele seio inofensivo, mimoso ninho de meiguice e de ternura, o cabra, com os olhos turvos e sangüíneos, alçava a lâmina de sua comprida e afiada faca.

Era um grupo sublime, terrível e tocante, colocado em um ninho de pedra bruta.

Anselmo, ao dar com os olhos nele, recuou horrorizado.

– Se se atrever a tocar em um só fio de meus cabelos, Florinda está morta! bradou o cabra.

– Entrega-te, maldito! gritou Anselmo, avançando.

– Ou você nos há de deixar a mim e ela livres, ou nos há de levar todos dois mortos, repetiu o cabra com voz firme.

– Mateus!... em nome de Deus! larga essa rapariga, e eu te deixarei ir são e salvo para onde quiseres. Eu te juro por ela mesmo... por Florinda...

– Eu só!... nunca!... vivos ou mortos, eu e ela havemos de andar sempre juntos.

– Maldito! bradou Anselmo enfurecido, apontando-lhe a pistola.

Mateus por única resposta encostou a ponta da faca ao peito esquerdo da rapariga.

Anselmo estremeceu e baixou a pistola.

O fogo que Anselmo havia ateado começava a se apagar. Os seus companheiros, ouvindo-lhe a voz, tinham se aproximado e trataram de avivar o fogo. Anselmo, em uma horrível perplexidade, não sabia o que fazer. Consultaram um momento entre si, sem nunca perderem de vista o cabra que estava a uns dez passos de distância, sempre amoitado na cavidade do rochedo, rolando olhos sanguíneos e chamejantes como o jaguar acuado em sua toca, e sem nunca arredar a ponta da faca de sobre o peito da rapariga.

– Decidam, bradou o cabra, senão eu tiro já toda a dúvida. E vibrou convulsivamente a faca sobre o coração da infeliz Florinda.

Apenas acabara de pronunciar estas palavras, um vulto colossal, escorregando de cima do rochedo, veio cair em cheio ao pé dele, e sem dar tempo a que fizesse o menor movimento, com uma das mãos arranca-lhe a faca, com a outra toma a si a rapariga, como quem carrega uma boneca, e com a ponta do pé atira o cabra fora do assento em que se achava, e o faz cair de bruços.

– Sai daí, cabra maldito!... é a mim e não a ti que compete decidir, exclamou ele.

O vulto gigantesco de Cassange em pé, enlaçando no braço esquerdo a rapariga, e tendo alçado na direita um machadinho, substituíra num relance as figuras da cena anterior. Anselmo e seus companheiros, deslumbrados com aquela súbita mutação de cena, ficaram por alguns momentos como que petrificados.

Capítulo XI

– Meus amos, gritou Cassange, não é mais com este bode maldito; agora é comigo que vocês têm de ajustar contas.

Dizendo isto, o truculento Zambi brandia o machadinho sobre a cabeça da pobre Florinda, que sempre desmaiada lhe pendia do braço, como tenro cipó enleado ao galho de robusto jequitibá.

— Cassange! Cassange!... o que fazes! exclamou Anselmo aterrado.

— Você quer levar essa menina direitinha como está para casa?...

— Quero, quero, Cassange!...

— Então, escuta lá, há de ser com condição!...

— De que, Cassange? fala, estou pronto para tudo.

— Pois bem, moço, eu vou dizer. Se você não faz o que eu quero, olha...

E o negro fez gesto de descarregar o machadinho sobre a cabeça da infeliz mulata.

— Suspende, Cassange, farei tudo o que quiseres. Fala; que queres de mim?

— Pouca cousa, meu moço; vai já pôr em liberdade toda minha gente, e nos deixa em paz; e você levará Florinda.

Anselmo recuou dois passos; a proposição era altamente comprometedora, e punha em sério perigo sua cabeça. Ele mesmo fora em pessoa se apresentar ao governador, pedindo-lhe auxílio, e comprometendo-se por sua cabeça a entregar à justiça Cassange e toda sua cáfila, vivos ou mortos. Porém sua hesitação, a princípio muito natural, não durou mais que um instante. Tratava-se de salvar Florinda, e não haveria sacrifício a que se recusasse para esse fim.

– O golpe está a cair, bradou Cassange; quero a resposta já e já.

– Estou pronto, Cassange; estou pronto para o que quiseres.

– E você cumprirá à risca o que eu quero?...

– Eu juro pelo que há de mais sagrado.

– Você jura!?... mas que segurança posso eu ter de que você cumpre seu juramento?...

– A minha palavra, e se esta não basta, a minha cabeça, Cassange.

– Tua palavra voa com o vento... Tua cabeça!... onde irei eu buscar a tua cabeça?

– Pois bem, Cassange, você tem fé em Deus, não tem?...

– Tenho... e muita.

– Pois toma esta imagem do crucificado; disse solenemente Anselmo tirando do pescoço um pequeno crucifixo de ouro e entregando-o a Cassange. Foi minha mãe que na hora da morte me deixou essa relíquia santa. Por ela eu te juro cumprir fielmente a minha palavra; guarda-o contigo.

– E eu também te juro por este colar, que já andou no pescoço de meu pai, que se você nos põe todos em liberdade e nos deixa em paz, Florinda vai com você. Mas ainda falta uma coisa; falta juramento de sangue.

— De sangue?...

— Não é nada que assuste, meu moço. Você com seu sangue faz uma cruz na minha testa; eu com meu sangue faço outra cruz na sua testa. O meu está correndo deste golpe que ainda agora me fizeram. Você parece que ainda não tem nada. Dá licença; quero uma gota de seu sangue.

Anselmo não se opôs. O negro abriu-lhe a camisa, e com a ponta da faca fez-lhe uma leve incisão no peito esquerdo, e com o sangue que saiu, fez com o dedo uma cruz em sua própria testa. Depois apresentou um braço ferido a Anselmo, e este, molhando o dedo no sangue de Zambi, fez também uma cruz na testa.

Feito isto, Cassange tornou a tomar nos braços Florinda, que por momentos tinha largado no chão, e disse:

— Agora, vamo-nos embora com Deus e a Virgem.

— Vamo-nos, respondeu Anselmo.

Anselmo foi adiante alumiando o caminho com um facho de taquaras; Cassange ia no meio, carregando Florinda nos braços, e os dois companheiros os seguiam na retaguarda. Mateus logo desde o começo tinha-se escoado como um lagarto, e, ágil como um macaco, dependurando-se pelos ramos tinha se sumido nos abismos.

Encontraram no caminho muitos que vinham em seu auxílio; e em pouco mais de um quarto de hora chegaram ao quilombo.

Os milicianos e capitães-do-mato tinham já amarrado todos os quilombolas, à exceção de uns dois ou três que morreram, e outros tantos que sempre lograram evadir-se. Estavam aqueles em roda de fogueiras que já tinham acendido, comendo e bebendo folgadamente, pois já tinham dado assalto às excelentes dispensas e adegas dos quilombolas, enquanto estes, amarrados e estirados pelo chão, gemiam, fungavam, e praguejavam desesperadamente.

Apenas Anselmo chegou ao quilombo, apresentou-se a seus sequazes junto de uma fogueira para que fosse bem visto, tendo a seu lado Cassange, que trazia nos braços Florinda ainda desmaiada. Em voz bem alta, e em linguagem franca e sem rebuço, explicou a seus companheiros tudo quanto havia ocorrido, e a obrigação que havia contraído, debaixo de um tremendo juramento, de largar mão de toda aquela gente.

– É esta menina, terminou ele com voz comovida e olhos úmidos, apontando para Florinda, é este penhor sagrado de meu coração que me obrigou a tanto, e qual de vocês, meus caros companheiros, em meu lugar, não teria feito o mesmo que eu fiz? Minha cabeça é a única que se acha empenhada; eu só sou o culpado. Afianço que nenhum de vocês sofrerá nada...

Um murmúrio de indignação circulou por entre os companheiros de Anselmo, e algumas vozes o interromperam. Vendo a gentil e mimosa figura de Florinda entre os braços daquele ciclope africano de tão medonha catadura, cheios de indignação e compaixão a um tempo, não puderam conter-se.

– Larga essa rapariga, bradou um deles avançando para Cassange, larga, selvagens.

– Alto lá, camarada! diz Anselmo colocando-se rapidamente diante de Cassange. Para tocarem nela é preciso que primeiro saltem por cima de meu corpo.

– Deixa-te disso, Anselmo, exclamou outra voz; com esta malta de bandidos e ladrões não deve haver contemplação; não há lei nenhuma que nos obrigue a guardar lealdade para com semelhantes feras. Demos cabo desta canalha enquanto está em nossas mãos.

– Também esta, bramiu Cassange alçando o machadinho sobre a cabeça de Florinda, também esta está ainda em minhas mãos.

— E ainda que não estivesse, Cassange, disse Anselmo cheio de indignação, eu por mim não quebrarei nunca o meu juramento.

Os companheiros de Anselmo, vendo de um lado a disposição horrível do negro contra a pobre Florinda, e por outro lado admirados da lealdade e coragem do moço a quem começavam a estimar e respeitar, não ousaram mais insistir.

— E se acaso os meus companheiros, continuou Anselmo, têm receio de que lhes aconteça algum mal por causa deste passo, podem retirar-se, deixem-me só, que eu irei desatar um por um os pulsos desses desgraçados... Caiam só sobre minha cabeça as conseqüências, sejam quais forem.

— Não há de ser assim, Anselmo, diz um dos seus companheiros; juntos viemos, juntos havemos de voltar; aconteça o que acontecer.

— Isso é o que não tem dúvida, exclamou o outro; mas para satisfazer o senhor governador e desempenharmos nossa palavra, cortemos a cabeça àqueles sete, que ali estão enforcados, e mais a esses dois que matamos, e levemos para Vila Rica. Nove cabeças de quilombolas já não é um mimo para se desprezar, e Sua Excelência não deve ficar mal satisfeito.

— Bravo! muito bem, exclamaram alguns; façamos isso que ficará tudo remediado. Diremos que os outros escaparam, e nenhum de nós baterá a língua nos dentes sobre o acontecido.

— Nenhum, nenhum de nós, repetiram vozes.

— Nada disso, meus amigos, bradou Anselmo; semelhante procedimento não seria digno de mim, nem de vocês; eu vou contar ao governador, com toda a franqueza, toda esta história tal qual tem acontecido, e lhe direi que tudo isso foi feito por mim e por minha ordem, para salvar esta infeliz. O governador me confiou a honra de dirigir e comandar esta diligência; vocês nada fizeram senão me obedecer como deviam, e eu afianço que nada sofrerão. Quanto a mim, que me importa! minha cabeça rolará no chão, porém ao menos terei salvado Florinda... Vamos, meus amigos, salvemos esta gente.

Os companheiros, fascinados pelo nobre e corajoso procedimento de Anselmo, nada acharam que objetar-lhe, e obedeceram prontamente. Em poucos instantes estavam soltos todos os quilombolas. Eram em número ainda assaz considerável para poderem fazer face aos milicianos e capitães-do-mato. Logo que se acharam soltos, alguns se puseram em atitude hostil. Mas a lealdade de Cassange era tão grande como a daquele com quem tratava.

– Alto lá, bradou ele; quem levantar a mão contra esta gente, levanta também contra mim. Toma, moço, continuou passando Florinda dos seus para os braços de Anselmo, toma sua noiva. Agora acabo de crer que você é homem de palavra e de coração limpo. Vai-te embora em paz com sua rapariga, e Nossa Senhora te acompanhe.

Anselmo agarrou e apertou ao peito com toda a ânsia, com todo o frenesi de um amor louco, aquela que tantos sacrifícios e fadigas, tantos riscos e tantos sustos lhe tinha custado no decurso de tão poucos dias.

– Cassange, disse ele, por último favor te peço... algum socorro a esta pobrezinha, antes que me vá embora. Olha... coitada! ainda não voltou a si!...

Cassange levou-os para sua choupana, borrifou a testa de Florinda com água fria; ela estremeceu e entreabriu os olhos; Anselmo chamou-a pelo nome repetidas vezes; ao som daquela voz tão conhecida e tão querida Florinda recobrou os sentidos.

– Quem me chama?... murmurou; ainda estou viva, meu Deus?...

— Estás viva, sim, minha querida Florinda, disse Anselmo apertando-a ao coração; estás viva e salva; estás viva e aqui comigo, aqui apertada em meus braços para nunca mais deles sair.

— Então vamo-nos; vamo-nos embora daqui.

— Mas primeiro, minha querida, aperta e beija a mão de Cassange; é a ele que deves a vida, e eu... talvez... deverei a felicidade.

Aquele *talvez* Anselmo o murmurou dentro da alma.

Anselmo e Cassange ao separarem-se apertaram-se as mãos cordialmente. Havia nesse aperto de mão um protesto tácito de mútua estima e lealdade para sempre.

Capítulo XII

Anselmo carregou Florinda nos braços até a entrada do quilombo onde tinha deixado sua cavalgadura. Colocou-a cuidadosamente sobre a dianteira dos arreios, e acompanhado dos seus, assim a conduziu até Vila Rica, onde chegaram ao romper do dia.

Tendo deixado Florinda em uma casa amiga, logo que o sol alteou dirigiu-se ao palácio, e foi introduzido à presença do governador. Pelo ar triste e desconcertado com que se apresentou, Dom Manuel logo adivinhou que fora malsucedido em sua empresa e disse-lhe:

– Então, senhor Anselmo, que é de Cassange?... pois nem ao menos a cabeça dele me traz?...

– É verdade, excelentíssimo senhor, disse Anselmo curvando-se profundamente, nem mesmo a cabeça dele; mas em lugar dela aqui está a minha à disposição de Vossa Excelência. Morrerei, mas resta-me a consolação de que à custa de minha cabeça salvei a vida de Florinda.

– Às mil maravilhas! ora!... ora!... e esta?! replicou o general com voz áspera e com sorriso sardônico. Não faltava mais nada!... então de tudo o que foi buscar e que comprometeu-se a trazer à custa de sua cabeça, só nos trouxe, pelo que vejo, a tal Florinda, que não conhecemos, e com quem nada nos importamos!...

Estas duras palavras soaram muito mal aos ouvidos do rapaz; mas que poderia ele redargüir?... Curvou a cabeça e com voz digna e firme disse:

– Nada tenho a responder, excelentíssimo senhor; aqui está minha cabeça.

– Sua cabeça!... boa resposta!... sim, deve perdê-la, e é bem-feito! quem o mandou oferecer-se tão galhardamente, para depois iludir-me por esta forma... Não lhe fiz eu ver que a empresa era por demais arriscada?...

A despeito da aspereza com que assim falava, o governador bem estava dando a entender que desejava alguma explicação. Portanto Anselmo apressou-se em responder-lhe:

– Não era tanto assim, excelentíssimo senhor; eu a tinha já levado a cabo com toda a felicidade, quando circunstâncias extraordinárias, com que eu não podia contar, vieram burlar tudo o que eu já havia feito; não fossem essas circunstâncias, estariam aqui amarrados Cassange e todos os seus companheiros...

– Desculpas?... já eu esperava por isso. O que vosmecê queria era socorro meu para livrar a tal sua Florinda; quanto aos quilombolas, pouco se lhe embaraçava que morressem ou vivessem... não é assim?... confesse a verdade.

– Vossa Excelência tem razão de sobra para estar agastado comigo; eu bem o reconheço, e por isso vim entregar-me nas mãos de Vossa Excelência.

– Então, confessa que armou-me laço, que atraiçoou-me?...

– Isso nunca, excelentíssimo senhor, exclamou Anselmo erguendo a cabeça com altivez. Fui infeliz, é verdade; mas traidor, nunca!... Se Vossa Excelência digna-se dispensar-me alguns momentos de atenção, eu vou contar tudo para justificar-me.

– Pois vamos lá; conte-me isso por miúdo. Mas conte a verdade, somente a verdade; do contrário pior será o castigo que o espera.

– Contarei tudo, excelentíssimo senhor, e eu que perca a minha... cabeça... não, que essa já pertence a Vossa Excelência, mas... a minha alma, se faltar em um só ponto à verdade.

Anselmo contou tudo com a maior franqueza e fidelidade ao governador, que o escutou de princípio a fim com toda a atenção e sem nunca interrompê-lo.

Dom Manuel era moço ainda, tinha imaginação viva e índole naturalmente bondosa. Posto que, como instrumento, que era, do absolutismo de então, estivesse avezado a atos de despotismo e tirania, não deixava de ter espírito reto e justiceiro, e coração capaz de sentimentos generosos e propenso a atos de magnanimidade. Além disso, dom Manuel, que tinha alma apaixonada e muito sensível aos encantos do belo sexo, tinha tido em sua vida muitas aventuras amorosas, algumas das quais bem escandalosas, e portanto devia saber dar o devido desconto a todas as faltas que proviessem dessa fonte.

Escutou pois com toda a atenção e interesse a narrativa do moço, e depois que este terminou, não pôde deixar de exclamar, com certo tom de familiaridade:

– Com mil diabos, homem!... Muito formosa deve ser essa Florinda por quem acabas de fazer tamanhas loucuras, meu rapaz, arriscando por ela tantas vezes e por tantas maneiras a tua vida. Vai buscá-la já aqui; deveras que tenho suma curiosidade de vê-la.

– Se Vossa Excelência o ordena, eu a trarei. Mas, coitada! sofreu tanto! acha-se por ora tão fraca e alquebrada!...

– Não tenha cuidado; aqui minha mulher tratará dela melhor do que ninguém.

– Mas, excelentíssimo senhor, tanto incômodo... não merecemos tanta honra...

– Vá, vá já buscá-la; e a ser verdade tudo quanto vosmecê diz, desde já tomo a ambos debaixo de minha proteção; forrarei à minha custa a rapariga, e eu e minha mulher seremos os padrinhos do casamento. Não vá pensar, acrescentou sorrindo o governador, que eu sou como o Cassange, que a queria para si. Não; eu sou um Zambi de outra qualidade.

Nesse mesmo dia Florinda se achava instalada em um cômodo aposento do palácio do governador, em companhia de seu esposo, a quem o infortúnio, a beleza e os poucos anos da rapariga haviam inspirado o mais vivo e terno interesse.

Enquanto se esperava o dia do casamento, que devia ter lugar daí a oito dias, era tratada com todo o carinho, e tanto o governador como sua esposa faziam sumo gosto em felicitar aquele par, tão humilde pela condição do nascimento, e tão digno de interesse e comiseração pelos riscos, trabalhos e estranhas e cruéis vicissitudes por que acabavam de passar naqueles últimos dias.

O governador queria que o casamento se fizesse com algum esplendor. Era uma pequena festa que ele, inspirado por um louvável capricho de beneficência e magnanimidade, queria dar a seus amigos.

Eram passados quatro ou cinco dias depois que dom Manuel e sua senhora se regojizavam com os preparativos daquele original e interessante festim nupcial, quando aparece em palácio o ouvidor da comarca, pedindo urgentemente uma audiência ao governador.

— Excelentíssimo senhor, sinto ter de dar-lhe uma notícia que não lhe deve ser agradável, diz o ouvidor sem mais preâmbulo, apenas é introduzido à presença do governador.

— Que me diz, senhor ouvidor!... interrompe dom Manoel sobressaltado.

— Tranqüilize[22] Vossa Excelência; não diz respeito a sua pessoa, nem a ninguém que interesse de perto a Vossa Excelência. Sinto ter de interromper um prazer que sei que muito regalava o magnânimo coração de Vossa Excelência. Tenho a apresentar a Vossa Excelência uma denúncia bem triste, e infelizmente acompanhada de provas que não podem ser recusadas.

— Deveras!... e contra quem, senhor doutor?

— Contra um protegido de Vossa Excelência, contra esse Anselmo, por cuja sorte Vossa Excelência tanto se interessa.

— Que me diz, homem!... contra Anselmo! vejamos, vejamos já isso.

— Além disso, esta denúncia, diz o ouvidor entregando-lhe o papel, pode-nos levar a revelações muito importantes para descoberta e extinção de quilombos.

---

22. "Tranqüilize-se" nas edições de 1900 e [1945].

A denúncia apresentada ao ouvidor, que era muito extensa e minuciosa, continha em resumo o seguinte: Que Anselmo teria podido muito bem matar ou prender todos os quilombolas de Cassange, quando por ordem do governador atacou o seu quilombo; mas, achando-se já senhor deles, o chefe Cassange o comprara a dinheiro para lhes dar liberdade a todos. Que a história que contava ao governador a respeito da mulata Florinda não passava de um embuste inventado para iludir a Sua Excelência. Que Florinda e todos os quilombolas, já amarrados, estando em poder dele, nenhuma precisão tinha de soltá-los para havê-la, e o chefe, que tinha grandes riquezas escondidas, dera avultadas somas a Anselmo em troco da libertação dele e dos seus. Que Anselmo fizera um pacto de conluio perpétuo com ele, e prestara um juramento terrível em penhor do cumprimento de sua palavra. A prova de que tinha agarrado e matado muitos quilombolas lá se achava no quilombo que Cassange havia abandonado nessa mesma noite, no qual ainda deviam se achar dependurados os cadáveres de sete quilombolas enforcados, e dois mortos a ferro. O denunciante estava pronto a ir guiar e mostrar o lugar do quilombo. A prova do pacto e juramento de amizade entre Anselmo e Cassange devia existir no próprio corpo de Anselmo, o qual devia ter no peito esquerdo uma cesura ainda fresca, que é a marca dos quilombolas e de todos que com eles têm conluio, e no pescoço devia trazer um grosso colar de ouro. O denunciante dava sinais minuciosos desse colar. Enfim: que o denunciante fora testemunha presencial de tudo o que ocorrera, por estar entre as mãos dos quilombolas naquela ocasião. A denúncia estava assinada por um Fuão[23] de tal, a rogo do escravo Mateus Cabra.

Anselmo achava-se efetivamente comprometido altamente e envolvido em provas que seria difícil, senão impossível, destruir. Por esquecimento, devido talvez ao acanhamento e perturbação com que falava diante de um alto personagem, deixara de narrar ao governador que, quando atacou o quilombo, achara sete negros enforcados. Também inconsideravelmente, e sem calcular as conseqüências, deixara que Cassange fizesse em seu peito a sabida incisão, e conservara consigo o colar que ele lhe dera, do qual Mateus, que o conhecia,

---

23. Forma sincopada de "fulano".

dava todos os sinais. Estas circunstâncias a que, em sua descuidosa imprevidência, própria de um ânimo sincero e leal, ligava pouca importância, também se esqueceu de contar ao governador.

O astuto e pérfido cabra, depois que se viu livre das garras de Cassange, na furna em que este lhe arrancara Florinda, para vendê-la imediatamente a Anselmo em troco da liberdade dos seus, tinha-se conservado escondido em distância de onde pudesse ouvir e perceber tudo. Depois que Cassange e os outros se retiraram, os foi seguindo, sutil e cautelosamente, a certa distância, até o quilombo, onde às escondidas presenciou tudo que se havia passado.

Cassange, que logo depois da saída de Anselmo havia abandonado precipitadamente o quilombo, tinha de feito deixado dependurados no mesmo lugar os sete negros que mandara enforcar.

Mateus urrou de raiva e desespero quando viu assim burlados todos os seus passos, e escapar-lhe a presa cobiçada nos braços de seu rival. Sua alma malfazeja, inspirada pelo ciúme e a vingança, forjou logo o mais atroz e sinistro plano. Correu a Vila Rica, onde logo tratou de procurar um legista que o guiasse e lhe escrevesse uma denúncia. Como estava fugido havia poucos dias da casa de seu senhor, contou muita mentira que podia ser facilmente acreditada, e disse que tinha sido agarrado pelos quilombolas, e levado à força para o quilombo, onde presenciara os fatos que queria levar ao conhecimento do governador, e que dera graças a Deus por ter achado uma ocasião de se livrar das unhas daqueles malditos mandingueiros.

Dom Manuel percorreu rapidamente com os olhos o papel da denúncia que era bastantemente extenso, e ficou pálido de raiva e de despeito.

– E esta! exclamou. Um criançola, um desgraçado liberto atrever-se a fazer galhofa de um governador, pretender iludir-me contando-me historietas!... tragam-no já preso à minha presença.

As ordens de um governador general, principalmente estando encolerizado, deviam ser cumpridas sem objeção e sem detença. Daí a meia hora, Anselmo, entre dois milicianos que o haviam prendido à ordem do governador, atônito e aterrado, achava-se em presença de dom Manuel.

– Então, rapaz, quiseste me enganar com tuas mentiras e embair-me com teus embustes?!... quem diabo te meteu na cabeça que poderias lograr o teu intento?... pois fica sabendo que agora, felizmente, já conhecemos quem tu és.

– Perdão, excelentíssimo senhor, respondeu Anselmo em tom firme, porém submisso e respeitoso. Eu bem sei que não sou mais do que um desgraçado liberto, e serei tudo quanto há de ruim, menos mentiroso, embusteiro e traidor.

– É melhor que te cales, replicou secamente o general. No teu corpo mesmo deves ter a prova irrecusável de tua perfídia. Abram a camisa desse homem, e descubram-lhe o peito, disse voltando-se para os soldados.

A estas palavras Anselmo não pôde conter um estremeção, como ao susto causado por um relâmpago. Como um relâmpago na escuridão da noite, elas lhe abriram um vasto e medonho horizonte a vagas e terríveis suposições. Os soldados iam obedecer prontamente; mas o próprio Anselmo, posto que fulminado por aquele golpe inopinado, desabotoou tranqüilamente o colete e a camisa, e apresentou seu peito.

O general se aproximou para observar de perto e por seus próprios olhos.

— A incisão ei-la acolá, disse o general, apontando com o dedo; não há a menor dúvida. O colar é este; é este mesmo com todos os sinais que vêm especificados na denúncia. Ah! pobre rapaz! não sabes em que te metestes. Fazer pacto e conluio com quilombolas, dar-lhes escapula e receber dinheiro deles, e depois ter o atrevimento de vir à minha presença embair-me com historietas!... apre!... isto é demais!

— Excelentíssimo senhor, tudo quanto eu tive a honra de referir a Vossa Excelência é a pura verdade. Este colar foi Cassange quem me deu, é verdade, e foi ele quem me fez esta cesura... mas isto foi um juramento, um penhor que ele exigiu da palavra que eu tinha lhe dado de soltá-los, naquela ocasião somente, e nada mais...

— Oh! oh!... e por que razão ocultaste-me essa circunstância na tal história que me contaste outro dia?...

— Senhor, no meio de tantas coisas extraordinárias que me aconteceram, era natural que esquecesse alguma...

— E porventura esqueceu-se também que tinha matado ou enforcado uns oito ou nove pretos?...

– Perdão, excelentíssimo senhor, eu não enforquei e nem mandei enforcar; achei-os já enforcados e...

– Basta! interrompeu asperamente o governador; quem me iludiu duas vezes não pode me iludir terceira. Recolham este homem à prisão. Senhor ouvidor, trate vossa mercê de instituir quanto antes uma devassa rigorosa e organizar o competente processo sobre essa denúncia. Vou dar já as competentes ordens para se mandar uma diligência ao quilombo a examinar se lá existem os cadáveres de que reza a denúncia, e a procurar outras provas e vestígios do crime.

Naquele tempo a justiça não andava como hoje, a passos vagarosos através de um meandro de fórmulas embaraçosas, garantidoras dos direitos do cidadão.

Andava depressa, em linha reta, e sem olhar para trás nem para os lados; e muitas vezes a sentença de morte caía rápida como o raio sobre a cabeça da mísera vítima.

Em dois dias estava conhecido[24] o processo de Anselmo. Às provas e indícios terríveis que se acumulavam sobre essa cabeça, o infeliz

---

24. "Concluído" talvez faça mais sentido no contexto.

nada tinha que opor, senão a sinceridade de sua palavra, a sua reconhecida lealdade. Para cúmulo de infortúnio, dois quilombolas de Cassange, que tinham sido recentemente agarrados, foram inquiridos sobre os fatos da denúncia e, por ódio ao réu, razão dos trabalhos que por causa dele sofreram no quilombo, deram um depoimento o mais desfavorável possível.

Os cadáveres dos pretos enforcados tinham sido achados, assim como cordas e outros indícios de que os outros tinham sido amarrados. A tudo isso acrescia a cólera do governador, que bramia de indignação com a idéia de que tinha sido, como ele mesmo se exprimia, tão vergonhosamente burlado por um miserável rapazola.

Ao terceiro dia Anselmo estava condenado à morte como protetor e cúmplice de quilombolas, e como traidor ao governo de el-rei Nosso Senhor. Em menos de quinze dias a sentença voltava da corte, confirmada pelo príncipe regente, e o governador designava o dia seguinte para a execução.

Florinda, a mísera e interessante Florinda, havia muito tempo tinha sido enviada para a casa de seus senhores; em que deplorável estado de angústia e desesperação, o leitor que imagine, que eu nem tentarei descrevê-lo. A gente da casa, condoída de sua sorte, ocultava-lhe os acontecimentos e procurava consolá-la; mas a coitada nenhuma esperança tinha, e ia-se deixando morrer de dor.

Capítulo XIII

Uma execução capital é sempre um horrível e pavoroso espetáculo. Mas rodeada do lúgubre cerimonial daquelas eras, e entre as sombrias e lôbregas serranias de Vila Rica, devia ser ainda mais horrível.

O préstito sinistro, saindo da cadeia que está na praça principal, fronteando com o palácio, para chegar ao lugar do suplício, que era na rua das Cabeças, à extremidade oeste da cidade, tinha de atravessar com fúnebre lentor as principais ruas, dando o mais medonho e lúgubre espetáculo que se pode imaginar. Precedia-o um piquete de cavalaria; seguia-se a irmandade da Misericórdia, com o seu grande guião ou bandeira negra, alçada na frente. Esta bandeira, no caso de qualquer incidente, como por exemplo no caso de quebrar-se a corda, tinha de estender-se sobre o paciente, como simbolizando o manto da misericórdia divina. Vinha depois a irmandade ou ordem a que pertencia o paciente, conduzindo o esquife em que deviam trazer o cadáver do supliciado, menos a cabeça, porque esta pertencia à justiça que a cortava e a mandava fincar em um poste em lugar público. Seguia-se a vítima, tendo ao pescoço a corda em cuja extremidade pegava o carrasco que o acompanhava de perto, e logo atrás deles vinha o padre assistente e o sacristão, badalando uma grossa campainha. Vinha por fim o juiz, o escrivão, guardas, esbirros etc. Outro piquete de cavalaria fechava o préstito, o qual era seguido de uma multidão de povo de todas as classes, pois os senhores deviam mandar seus escravos, os mestres de escola os seus meninos, os pais os seus filhos, assistirem ao horrível espetáculo para exemplo e escarmento!...

De quando em quando o préstito parava, o padre exortava e ouvia de confissão o condenado, a quem regalavam com vinho e marmelada para confortar-lhe o coração, a fim de poder afrontar a morte com ânimo resignado. Horrível irrisão!...

Logo, no começo da rua das Cabeças, o préstito entrava por um estreito beco que ia dar num pequeno campo adjacente. Era o campo da forca.

Já Anselmo, abatido e pálido, mas cheio de firmeza e resignação, apesar de não ter querido provar do *vinho dos enforcados*, tinha galgado o último degrau da tremenda escada; já com o padre, que o assistia, tinha começado a recitar o Creio em Deus Padre, e estava quase a proferir as últimas e terríveis palavras: "… a vida eterna. Amém", depois das quais o carrasco devia empurrar e saltar aos ombros do paciente… Um ruge, súbito como a lufada do tufão que passa, se propaga pela multidão, e uma voz, forte como o estalar do raio abafando o rugido da tormenta, deu um grito selvagem.

– Pára aí, carrasco!… bramiu a mesma voz estrondosa como o trovão.

– Cassange! Cassange! gritou uma infinidade de vozes, e um sussurro imenso rugiu pela multidão que se agitou como a floresta agitada pelo furacão.

O governador tinha ultimamente tomado as mais enérgicas medidas para extinguir os quilombos e acabar com os quilombolas. O mesmo Cassange, o façanhudo e matreiro Cassange, com quase todos os seus parceiros, tinha caído em uma cilada na serra da Cachoeira, onde ultimamente tinha estabelecido o seu covil. Na ocasião da execução de Anselmo, vinham eles todos amarrados descendo pela rua das Cabeças, conduzidos por uma numerosa escolta.

Como era estilo e dever mesmo, foram levados ao lugar do suplício, que lhes ficava quase em caminho, a fim de assistirem à execução, como para terem um antegosto da sorte que os esperava. Ao reconhecer na forca a figura daquele que havia salvado a vida a ele e a todos os seus, e que, sem dúvida por esse motivo, ia expiar na forca sua imprudente generosidade, o ânimo nobre, grato e leal do selvagem Zambi não pôde conter aquele brado que lhe rompeu do coração.

– Esse moço é inocente, continuou Cassange a bradar, foi Deus e Nossa Senhora do Rosário que me trouxe aqui agora para não deixar correr sangue inocente; não é assim, meus parceiros?...

E os parceiros, que ali se achavam amarrados em uma comprida fileira ao lado dele, bradavam em coro:

– É assim mesmo! é assim mesmo, Cassange; ele é inocente!

– Carrasco! continuou Cassange, solta esse moço e guarda essa corda para mim.

A irmandade da Misericórida avançou para o patíbulo, e colocou sua bandeira em face do paciente.

Um surdo rumor se propagou pela multidão. Anselmo era estimado e querido de todos. Ao brado de Cassange, o povo todo se alvoroçou, e em altas vozes pedia: perdão! perdão!...

À vista de um tal incidente e das vivas manifestações do povo, o juiz ordinário que presidia a execução julgou conveniente suspendê-la, e mandou ao palácio, a toda brida, um oficial dar parte do ocorrido ao governador.

Dom Manuel estava debruçado à janela de seu palácio com ar sombrio e pensativo. Talvez lhe doía a consciência pela precipitação com que promovera a acusação e condenação daquele infeliz. Alguns rumores da desaprovação pública tinham decerto chegado a seus ouvidos, e talvez uma voz secreta vinda do céu lhe clamava no íntimo da alma: fazes morrer um inocente!

– Meu Deus!... se ainda me fosse possível sustar aquela execução!... pensava ele consigo quando o oficial, que vinha a todo galope, apeou-se à sua porta. Dom Manuel correu açodado a recebê-lo. Apenas o oficial lhe fez compreender por alto o que ocorrera, reenviou-o logo com ordem de suspender definitivamente a execução e trazer Cassange imediatamente à sua presença.

Quando o oficial chegou ao campo da forca e comunicou a resolução do governador, a multidão prorrompeu em aclamações e vivas a dom Manuel, os sinos repicaram, os foguetes subiram ao ar, e a cidade, que ainda há pouco pesarosa e lúgubre assistia a alguma coisa mais que um funeral, apresentou-se subitamente garrida e alegre como noiva no festim nupcial, e consta que na embriaguez de sua alegria levantara também alguns vivas a Cassange.

Capítulo XIV

Depois que o governador ouviu a Cassange, cuja narrativa não discrepava no menor ponto com a que lhe fizera Anselmo, adquiriu plena e íntima convicção da veracidade de tudo o que lhe contara o rapaz, e deu mil graças ao céu que, por modo tão singular, o havia livrado de fazer um inocente sofrer a morte afrontosa do patíbulo. Ordenou todavia mais minuciosas e longas devassas, das quais resultou ainda mais evidente a inocência de Anselmo. A sentença foi revogada em virtude de provas posteriores, e não tardou muito em vir da corte a confirmação do perdão de Anselmo, que logo foi posto em liberdade.

Na hora, e talvez no momento em que, sobre a escada fatal, Anselmo, com a corda ao pescoço, dirigia a Florinda um derradeiro pensamento, esta, num canto do quintal da casa de seu senhor, sozinha, e sentada no chão ao pé de uma laranjeira, pálida, silenciosa, imóvel, tinha a face encostada sobre a mão. Apenas de quando em quando um soluço convulsivo mostrava estar vivo aquele corpo que parecia uma estátua de mármore amarelo. Seus olhos, que não tinham mais lágrimas para chorar, se pregavam secos e fixos no céu, como querendo para lá voar. Seu corpo se alquebrava como a planta mimosa a quem o verme peçonhento tem roído a raiz e roubado toda a seiva. Seus cabelos caracolados esvoaçavam-lhe pelos ombros, morenos, maltratados e em desordem, como festões de trepadeira que a geada crestou, oscilando em volta do frágil arbusto que mal a sustém.

De repente um vulto se apresenta diante dela.

– Florinda, diz-lhe ele com voz lúgubre, sabes de teu noivo?...

– Não, não, responde sobressaltada a rapariga, que é dele?... onde está?...

– Está enforcado! replicou o vulto, e prontamente desapareceu.

Florinda levantou-se rápida, estendeu os braços, olhou em roda de si, e não vendo ninguém, soltou um gemido rouco e convulso, e tornou a cair de chofre estendida sobre a relva e inteiramente sem sentidos.

O perverso Mateus, na manhã do dia da execução de Anselmo, quando viu que não podia haver mais apelação nem agravo, e que tudo estava determinado e pronto para a execução, enfiou a estrada da Cachoeira, e em poucas horas, saboreando a longos tragos o prazer da vingança, venceu as cinco ou seis léguas que distavam de Vila Rica à casa de Florinda. Satisfeito por ter tomado a mais cabal vingança de seu rival, queria também ser o primeiro a esmagar o coração de sua infeliz amada com a horrível nova de sua execução. Sabia que ela cada vez mais o odiaria, mas por isso mesmo queria vingar-se dos desdéns com que sempre o maltratava.

Era Mateus o vulto que apareceu a Florinda, e que esta nem teve tempo de reconhecer.

Apenas porém ia ele saindo fora das cercas do quintal, chegava à rédea solta uma escolta de cavalaria, pilhava-o e o prendia à ordem do governador.

O governador tinha, nesse mesmo dia, expedido ordens apartadas para prender Mateus. Não tendo sido encontrado na cidade, os seus perseguidores, por informações que foram colhendo, o foram pilhar inteiramente descuidado, e no momento em que, ébrio de prazer, sorvia o último trago da vingança.

Os soldados apearam-se à porta da fazenda para descansar, e tiveram ocasião de dar parte ao dono da casa do extraordinário e feliz acontecimento de que nesse dia fora testemunha Vila Rica. Imediatamente senhores e escravos procuram Florinda por todos os cantos, cada um querendo ser o primeiro a anunciar-lhe a feliz nova. Quando a acharam como morta, estendida em um recanto da horta, deram um grito de horror e espanto. Em breve, porém, reanimada com os socorros que lhe ministraram, abriu os olhos, e vendo em redor de si tanta gente com semblante alegre e risonho, ficou espantada e disse:

– Porventura não sabem que ele foi enforcado?...

– Não, não, Florinda! gritaram muitas vozes a um tempo. Ele está vivo!... foi perdoado!

– Deveras!... perdoado!... gente, para que hão de estar-me enganando?...

– Não estamos enganando, não. É verdade; vem para a casa para acabares de crer.

Conduziram Florinda para a casa, e a levaram à porta da frente, onde estavam os soldados e o preso, sentados, pelos patamares. Sentado bem junto à porta se achava Mateus, amarrado de mãos para trás, cabisbaixo e amuado, e procurando esconder o rosto debaixo do chapéu derrubado sobre os olhos. Mal Florinda deu com os olhos nele, recuou dando um grito, e exclamou:

– Mateus!

Este, reconhecendo a voz de Florinda, abaixou ainda mais a cabeça, rangeu os dentes e deu um urro surdo. O que naquele momento, se passava de ódio, ciúme e desesperação naquela alma de precito, ninguém pode conceber.

Conclusão

Passados oito dias, um casamento se celebrava alegremente na linda e magnífica capela de Nossa Senhora do Carmo, ao qual se dignava assistir o governador da capitania, com grande número de cavaleiros e fidalgos.

Nessa mesma hora, no Morro da Forca, que fica em vista da mesma capela, mas em considerável distância, se executava uma sentença de morte.

Quando o paciente subia os degraus da fatal escada, o carrasco apontou-lhe para o adro do Carmo, onde formigava uma multidão festiva e alegre, e disse-lhe em voz baixa:

– Mateus, não estás vendo aquela festa lá no Carmo?... é o casamento de Anselmo e de Florinda.

O maldito carrasco, não contente com estrangular o corpo, queria também ser algoz da alma do paciente.

Mateus soltou um gemido rouco e murmurou:

– Mil diabos os consumam!...

Quando Florinda, radiante de prazer no braço de seu esposo, ao sair da igreja, punha o pé no alpendre da porta principal, por acaso dirigiu os olhos para o Morro da Forca, e vendo ali o povo reunido, e um cadáver que ainda oscilava pendurado no patíbulo, perguntou assustada:

– Que é aquilo?...

– É o cabra Mateus que acaba de ser enforcado, responderam-lhe.

– Coitado!... exclamaram ambos os noivos, com verdadeira e íntima compunção, e, voltando para dentro da igreja, ajoelharam-se e rezaram pela alma de Mateus Cabra.

FIM DE UMA HISTÓRIA DE QUILOMBOLAS

A GARGANTA DO INFERNO
Lenda

Capítulo I
Lavras Novas

A situação do pequeno arraial de Lavras Novas, na província de Minas Gerais, distante da capital cerca de três léguas, oferece uma das mais aprazíveis e soberbas perspectivas. Esta povoação, quase desconhecida, e que não tem a honra de figurar nas cartas geográficas, está colocada no alto de uma serra que é uma ramificação, ou antes um contraforte do núcleo colossal do Itacolomi.

Vista pelo lado do sul, a serrania eleva-se, do modo o mais pitoresco e gracioso, em duas esplanadas sobrepostas em forma de uma arquibancada, ou como as plataformas de uma fortaleza ciclópica. A esplanada inferior é vasta, coberta de um capim sempre viçoso, cortada de vertentes e de pequenos capões, e daria cômodo para uma grande e magnífica cidade. Eleva-se da base, como um terraço, sobre altíssimos e medonhos desfiladeiros de penedias a prumo. A última, menos extensa, é também coberta de um mimoso relvado, e é separada da primeira por uma linha de rochedos muito menos elevados, que se interrompem em alguns pontos, deixando rampas de verdura que dão fácil passagem para as risonhas campinas da plataforma inferior, e eleva-se gradualmente para o norte, até que é bruscamente cortada por uma muralha de penedos perpendiculares, que formam a escarpa setentrional da serra.

Tanto na primeira como na segunda esplanada, o solo, que visto de longe parece plano, é acidentado por ligeiras ondulações, separadas por grotas e algares profundos, secos no verão, mas que no tempo de águas tornam-se ribeirões e despejam cataratas pelos despenhos da serrania.

Daquelas alturas, para o lado do sul e do poente, a vista estende-se a imensas distâncias; pelo nascente esbarra com a banqueta granítica do Itacolomi; ao norte, além das pequenas elevações vizinhas, perde-se no firmamento.

Nessas risonhas eminências existem, ou existiam outrora, ricas jazidas auríferas que deram origem à afluência de povo e à fundação daquele pequeno povoado. Acha-se este à beira da esplanada superior, como que debruçado sobre os rochedos a contemplar as viçosas e ridentes veigas da esplanada inferior. Consiste em uma linda capelinha, a cuja frente se estendem duas linhas de casebres, formando uma larga rua irregular pelo espigão de uma pequena colina.

É nesse lugar que aconteceu, há de haver cousa de século e meio, a história que vamos contar.

Cumpre entretanto notar que, na época a que nos reportamos, ainda ali não existiam nem a capela, nem o povoado. Havia apenas, dispersas pela montanha, algumas casas de mineiros e faiscadores que vinham de todas as partes explorar aquele descoberto que ainda não contava muitos anos de existência.

Capítulo II
O sonho de ouro

Antigamente – há cousa de século e meio, como já ficou dito – existia naquele lugar uma mulher viúva, por nome Gertrudes.

Era filha de boa família; nascera e se criara no seio da abastança; mas seu marido, português, que ali viera explorar aquelas minas, fora infeliz em suas especulações e morreu ainda moço, deixando-a em um estado pouco melhor do que a miséria, com uma filha ainda no berço. Mas Gertrudes, que era mulher de espírito e de coragem, e que havia recebido de seus pais uma severa educação moral e religiosa, posto que imbuída de muitas superstições e preconceitos, soube com o trabalho de suas mãos evitar os horrores da miséria.

No tempo em que começa a nossa história, sua filha Lina já contava treze para catorze anos. Era uma menina muito linda, muito viva, de olhos verde-mar, de bastos e compridos cabelos castanhos-claros, de tez branca, cuja palidez era apenas disfarçada por uns longes de carmim e de um porte elegante e esbelto como é raro encontrar-se em pessoas de sua classe. Conquanto tivesse toda a simplicidade e travessura de uma criança de nove anos, Lina era muito inteligente e hábil em toda a sorte de trabalhos próprios do seu sexo.

Na agulha, no fuso, na roda ou no tear, nada tinha que invejar às mais mestras, e em todos os misteres da casa ajudava e supria perfeitamente a sua mãe. Enfim, era uma menina completa. O único defeito que se lhe notava – se é que isso se pode chamar defeito – era ter a imaginação um tanto exaltada, andar às vezes distraída, e gostar muito de contos de fadas e histórias de encantamentos. Seu espírito impressionável parece que se tingia dos reflexos daqueles largos e esplêndidos horizontes e daquelas pitorescas e risonhas paisagens. Se tivesse tido educação literária, teria sido uma poetisa, ou uma artista sublime.

Em virtude dessa disposição de espírito, tinha certos caprichos singulares e extravagantes, posto que inocentes, único motivo por que sua mãe às vezes ralhava com ela. Assim, por vezes, em noites de luar, gostava de passear sozinha entre os rochedos, vestida de branco e coroada de flores, cantando com voz argentina e suave, algum desses singelos romances populares com que nossas avós tanto sabiam embalar a imaginação das crianças. Quem a visse então ficaria acreditando na existência das fadas. Gostava muito da natureza e da solidão e, quando o tempo estava bonito, pegava no fuso ou no balaio de costura e ia trabalhar em algum recanto aprazível e pitoresco, à sombra de algum desses rochedos pendidos sobre a relva, ou desses bosquetes florescidos de manacás e caneleira silvestre que abundam aquelas paragens.

A casa de Gertrudes pouco mais era do que uma choupana; mas era muito asseada, e tinha um excelente quintal que ela e sua filha traziam sempre mui bem tratado e cultivado; e graças a esse quintal, ao produto de seus tecidos, a algumas vacas e carneiros que possuíam, e sobretudo ao espírito laborioso e econômico de Gertrudes, passavam a vida pobremente, sim, mas livres dos vexames da miséria.

Gertrudes tinha poucas relações com os mineiros das vizinhanças.

A única pessoa que freqüentava com alguma assiduidade a casa dela era um seu sobrinho, por nome Daniel, moço de vinte anos, mui bem educado e dotado de excelentes qualidades; era empregado em um rico estabelecimento de mineração das imediações, e tinha a vida mui bem principiada. Daniel gostava muito de Lina; esta também lhe tinha afeição, mas era ainda muito criança, e ninguém poderia asseverar que naquela afeição havia um gérmen de amor. Todavia, o casamento deles era como um negócio já tacitamente contratado no seio da pequena família; não havia promessa, nem ajuste algum, protesto, nem juramentos; a cousa era tão natural!

– Que sonho tão bonito tive eu esta noite, mamãe! dizia Lina à sua mãe um dia em que ambas se achavam sentadas a fiar na porta, aquecendo-se ao sol de uma bela manhã de abril.

– É isso; sonhar é a vida das crianças; mesmo acordadas estão sonhando tolices.

– Mas o meu sonho não é nenhuma tolice, mamãe.

– Vamos a ver. Então o que sonhaste, minha filha?...

– Oh! mamãe!... que cousa tão bonita!... Eu ia passeando por meio daquelas pedras grandes que lá estão em cima daquela serra, e, embaixo de uma delas, vi a entrada de uma lapa toda enfeitada de flores; a boca da lapa era como a latada de jasmim que eu tenho no quintal. Entrei; oh!... minha mãe... se por fora era tudo flor, por dentro tudo era ouro. O chão estava alastrado de folhetas e de areia de ouro; as paredes e a coberta eram inteiriças de ouro. Fiquei assombrada; mas assim mesmo fui entrando, e enchendo o seio de ouro. Já não cabia mais; arregacei a saia do vestido, e fui enchendo, enchendo. Mas, minha mãe,... de repente dou com os olhos em uma serpente de fogo muito grande, que olhava para mim e parecia querer me engolir. Dei um grito, e acordei tremendo de medo.

— Santa Maria Eterna!... que mau sonho, minha filha!... Reza à Nossa Senhora para que arrede esse mau agouro. Isso é tentação do diabo. Lembra-te de nossa mãe Eva; também procedeu de uma serpente.

— Mas, mamãe, quanto ouro!... oh!... se eu pilho aquele ouro todo!...

— Que havias de fazer, minha filha?...

— Que havia de fazer?... não havia mais gente pobre neste mundo...

— Disso estou eu certa; em poucos dias tu serias a única pobre. Mas a respeito da serpente de fogo?...[1]

— Ora!... essa o primo Daniel a mataria com a espingarda.

— Tolinha!... a serpente é o demônio, e ninguém pode com ela, senão Deus e a Virgem. Vai rezar, minha filha, vai rezar aos pés de Nossa Senhora uma Salve-Rainha e duas Ave-Marias. O teu sonho não é bom.

---

1. Falta o "da serpente" na 1ª ed., acrescentado em edições seguintes.

Lina olhou espantada para a mãe, saiu de cabeça baixa, e foi ajoelhar-se ao pé do pequeno oratório de madeira, pregado na parede. Rezou, mas parece que rezou sem fé e sem vontade, pois o sonho de ouro não lhe saiu mais da cabeça, apesar da serpente de fogo.

Lina, sempre tão cuidadosa e diligente no serviço caseiro, começou daí em diante a tornar-se cada vez mais distraída e amarelada. Para molhar as hortaliças, varrer a casa, dar milho às galinhas, era preciso que a mãe a advertisse. Apenas acabava de desempenhar esses serviços, às pressas e atrapalhadamente, lá saía a menina a correr campinas e rochedos, como veada erradia pelas montanhas, em procura do filho perdido. Quem visse aquela linda camponesa, investigando todos os cantos das penedias, descendo as grotas, penetrando pelos capões, cuidaria que andava à cata de flores ou de passarinhos, ou à procura de alguma rês perdida; mas enganar-se-ia redondamente.

Gertrudes, que todos os dias curtia mil sustos e inquietações por causa dos prolongados passeios de sua filha, a repreendia com brandura. Lina a escutava com submissão e prometia de boca e de coração nunca mais sair de perto de sua mãe. Mas era debalde; a coitadinha não podia varrer da idéia aquela tentação que a fascinava, e não tinha forças para cumprir suas promessas.

Passaram-se alguns meses, e Lina sempre continuava na mesma lida.

– Lina, minha filha, fala por quem és; do contrário não sou mais tua mãe, disse-lhe Gertrudes já impacientada; fala, travessa: que andas fazendo assim sozinha por esses lugares agrestes?...

– Ando procurando aquela gruta de ouro, mamãe; aquela gruta com que sonhei outro dia.

– Que criança!... estás doida, menina!

– Não, minha mãe. O coração me diz que aquele sonho era verdade. E que mal faz ficarmos ricas de hoje para amanhã, sem trabalho nenhum, mamãe?...

– Ora, valha-te Deus, minha filha!... doididinha que tu és! pelo amor de Deus!... tira essa idéia da cabeça, minha filha. Não há nenhuma gruta, nem meia gruta de ouro... e se alguma cousa há, é a porta do inferno, minha filha; é um laço que Satanás te anda armando. Promete uma vela a Nossa Senhora e reza-lhe uma coroa para que te arranque dos miolos essa maldita gruta.

— Para que me mostre ela, isso sim, mamãe. Esta noite ainda tornei a sonhar com ela. Mas, em vez da serpente, estava lá um príncipe encantado, muito bonito...

— Mal! mal! mal! a cousa cada vez vai a pior. Eis aí por que não gosto nada dessas histórias de bruxarias, que botam a perder a cabeça das crianças. Esse príncipe encantado é a mesma serpente; é o capeta, é o cão maldito que te quer carregar para o inferno.

— Isso nunca, minha mãe! pois ele era tão bonito, tinha tão boa cara!...

— Cala-te, tola!... Satanás toma todas as figuras que bem lhe parece para enganar a gente. E depois... algum bicho pode te pegar... alguma cobra te morder... minha filha, não faltam perigos neste mundo... já estás ficando moça... se encontrares por aí algum mal-intencionado...

— Ora, mamãe, não há perigo algum... eu ando por aí sempre.

— Nada! nada! não quero que saias mais, ouviste?... A tua gruta de ouro ali está... olha, é aquele algodão, aquele fuso, aquele tear, e nada mais. Não consinto que arredes mais o pé a distância de dez passos desta casa...

— Mas, minha mãe... ia dizendo a menina em tom suplicante.

– Não quero mais que saias, e tenho dito! atalhou a mãe batendo-lhe o pé, e se teimares em sair, não voltes cá mais à casa, que não sou mais tua mãe.

Capítulo III
A gruta e o príncipe encantado

Lina calou-se amuada, pegou no fuso, e sentou-se a fiar num canto, mas o seu sonho de ouro não a abandonava um só instante. Todavia sentiu que era forçoso obedecer a sua mãe, e tentava supremos esforços para banir do pensamento a gruta e o príncipe. Mas era em vão; não tinha força bastante para esquivar-se aos enlevos de sua imaginação fantástica e ardente, e o seu teimoso sonho estava sempre a dourar-lhe de refulgentes reflexos a fantasia de criança.

No primeiro e no segundo dia Lina ainda conseguiu domar-se, e a muito custo conservou-se em casa; mas quase não comia, nem dormia a cismar na sua teimosa visão; sua imaginação cada vez mais se inflamava, e a expressa e ameaçadora proibição de sua mãe ainda mais lhe assanhava o desejo de sair em procura daquelas quimeras que ela já, de si para si, chamava: minha gruta, meu príncipe.

Ao terceiro dia não pôde mais resistir à tentação. Enquanto sua mãe dormia a sesta ao ponto do meio-dia, saiu.

Havia umas barrocas, onde há dias Lina cismava que devia estar a gruta de ouro, e até as quais, por serem muito distantes, até então não tinha se animado a chegar. Desta feita, porém, já que uma vez ia desobedecer a sua mãe, tanto valia ser por mais como por menos, e portanto deitou-se a correr direto para lá.

Antes de chegar às ditas barrrocas, que eram formadas de grandes rochedos cheios de fendas e anfractuosidades, tinha Lina de atravessar uma pequena torrente que corria ao pé deles, saltando aos borbotões por entre as pedras. Lina tirou os chinelinhos, arregaçou as roupas até os joelhos, e atirou-se afoitamente à torrente que lhe espumava em torno das alvas e torneadas pernas, como que abraçando-as amorosamente.

Lina, por um espírito de faceirice, de que ela mesma não tinha consciência, vestira antes de sair sua mais bonita saia, consertara ao espelho os cachos de seus magníficos cabelos e os enastrara de mimosas flores; parece que não queria aparecer desalinhada e mal composta diante de seu príncipe, tão alucinada andava com as imagens sedutoras de seu sonho. Estava encantadora; algumas madeixas do basto cabelo se tinham soltado com a carreira, e se lhe entornavam pelos rosados ombros, misturados com as flores de que profusamente os enfeitara; o cansaço e o sol lhe acendiam vivamente as cores, e os olhos, onde cintilava todo o fogo de sua imaginação, dardejavam um brilho fascinador. Se a vissem assim pelos córregos os filhos da Grécia antiga, a tomariam por uma náiade.

Além do arroio, havia uma espécie de lapa, formada pela saliência de um enorme penedo que lhe servia de teto, e cujas paredes eram formadas por arbustos emaranhados, por uma rede impenetrável de cipós e trepadeiras. A entrada era pequena, e a lapa, escura e profunda. Qualquer homem teria medo de penetrar ali; mas Lina, ansiosa e anelante, dirigiu-se resolutamente para ela.

– Onde vais, linda menina? bradou-lhe uma voz meiga, que partia de um lado da gruta.

Lina estremeceu de susto, e olhou rapidamente para aquele lado.

Era um mocinho mui bem-parecido e fidalgamente vestido, com gibão de veludo bordado de ouro, calções de seda, botas de couro polido, de cujos canos revirados pendiam borlas de ouro, e chapéu emplumado de penas de avestruz. Estava arrimado a uma espingarda de caça, e olhava para ela, sorrindo meigamente. Lina, em dias de sua vida nunca tinha visto por aquelas selvas uma figura assim; era sem dúvida alguma o príncipe de seu sonho. A princípio teve medo e quis fugir; mas, depois de refletir um instante, disse consigo:

– É aqui!... é aqui a gruta! este é o príncipe; nada de fugir! coragem!... Mas, tímida e perturbada, não sabia o que havia de responder.

Vendo o seu embaraço, o moço tornou a perguntar, ameigando ainda mais a voz:

– Onde vais, minha menina, assim tão só por estes ermos? nada receies de mim, que por minha alma não sou capaz de te fazer mal algum. Se perdeste o caminho, dize-me onde é a casa de teus pais, que lá te levarei.

Lina, ainda toda perturbada e no enleio daquela situação extraordinária, pergunta-lhe bruscamente e com infantil ingenuidade:

– Não é aqui a gruta de ouro?...

– A gruta de ouro!... exclamou o mancebo admirado... pois é ouro que andas procurando?...

– Ah! perdoe-me, disse Lina já arrependida de sua pergunta; foi uma tolice, uma pergunta de criança; desculpe-me, senhor; foi um sonho que tive...

Lina corou como um cravo e não se animou a continuar.

– Continue, minha menina, disse o moço, chegando-se para Lina; não te acanhes; que sonho foi esse então?... pode contar-me sem receio.

Lina, mais animada com as palavras e maneiras afáveis do mancebo, contou-lhe os sonhos que tivera, tais quais os havia contado a sua mãe.

– É bem singular o teu sonho; mas saiba a menina que é também um sonho que me faz andar por aqui.

– Sim?... exclamou Lina com certo alvoroço de espanto e curiosidade.

– Sim, menina; mas o meu não foi sonho de ouro, como o teu; foi um sonho de amor.

– De amor!... murmurou Lina com certo sobressalto.

– De amor, sim!... não sabes decerto o que é amor... sonhei que à sombra de uma lapa, onde eu tinha vindo descansar alguns instantes, estando a caçar, uma fada apareceu-me e me adormeceu em seu regaço entre sorrisos e beijos. Este sonho não me sai da imaginação, e agora mesmo estava eu a pensar se não seria aqui essa lapa, pois se parece tal e qual com a que vi em meu sonho, e eis senão quando se me apresenta a tua linda figura, tal e qual a da fada com que sonhei. Agora vejo que és a fada de meu sonho.

– Não, senhor; eu não sou nenhuma fada; sou uma pobre menina...

– És fada, sim, atalhou vivamente o mancebo; tanta gentileza só pode pertencer a uma fada; e eu sou, acredita-me, linda menina, eu sou o príncipe com quem sonhaste. Estes sonhos nos vieram do céu por encantamento.

– Assim me parece. O príncipe com quem sonhei tinha essa figura. Mas... onde está... a gruta de ouro?... será aquela?

– Não, minha amiga; mas não está longe daqui. Não vês aquela casa que fica por baixo daqueles rochedos?... é ali a minha gruta; lá tenho o meu ouro... muito, muito ouro. É todo teu; queres ir lá comigo vê-lo?

– Mas, minha mãe, coitada! a esta hora está ansiosa à minha procura.

– Tua mãe?... ah! nosso ouro será também dela. Levar-lhe-ás uma bolsa cheia, e decerto ela não ralhará contigo.

– Mas, meu Deus! meu Deus! que vou eu fazer!... verdade é que minha mãe disse-me que, se eu saísse, não voltasse mais a sua presença.

E, pensando nisto, Lina foi se deixando levar pelo mancebo, que lhe tomou a mão e a foi conduzindo para suas lavras que não distavam mais de um quarto de légua daquele lugar. Estava fascinada, e cuidava ser levada por uma força superior a que não havia resistir.

O mancebo era filho de um guarda-mor do lugar, o qual residia em Vila Rica; era um opulento e nobre moço, que possuía naqueles contornos riquíssimas lavras das quais extraia imenso ouro. Tivera realmente o sonho de que falara a Lina, sonho que tinha deixado uma viva impressão em sua imaginção também ainda quase infantil, pois o moço ainda não contava vinte anos.

Lina em casa do mancebo achou ouro e jóias, luxo e regalo com profusão, e, nos braços do amor e da opulência, Lina, deslumbrada, esqueceu-se de sua casa, de Daniel, do mundo, de tudo, e até, quem o diria! quase esqueceu-se de sua pobre mãe.

Capítulo IV
A Garganta do Inferno

Gertrudes despertou sobressaltada do seu sono de sesta, chamando em altas vozes por sua filha; tinha sonhado que um dragão a devorava.

– Lina! Lina! Santa Virgem! esta menina é meus pecados! gritava a aflita mãe, andando daqui para ali, espiolhando todos os cantos da casa, remexendo todo o quintal e esquadrinhando tudo por dentro e em roda da casa.

– Ai de mim! estou vendo que aquela doidinha já lá se foi em procura da maldita gruta. Pobrezinha! tem o miolo tão fraco como o de uma criança de sete anos. Ora pois!... queira Deus não lhe tenha acontecido alguma... Lina! Lina!...

Vendo, enfim, que não estava ali por perto de casa, vai aos vizinhos mais próximos, pergunta, indaga minuciosamente, mas ninguém sabe dar notícias de Lina. Sai a correr pelos campos, pelos rochedos, pelos capões, clamando sempre: Lina! Lina! Os vizinhos, condoídos e consternados, a ajudam naquela ansiosa lida, mas tudo foi debalde; Lina parecia que tinha desaparecido da face da terra. Naquela angustiosa ansiedade passou Gertrudes o resto do dia, até que, descendo a noite, a pobre mãe, desesperada e oprimida de cansaço, recolheu-se para a casa. À noite, como é natural, ainda aumentou a sua aflição, e passou-a velando e com o ouvido afiado à escuta do menor rumor. A qualquer barulho do vento, a qualquer bulício das folhas em roda da casa, ela, de ouvido alerta, corria à porta, ofegante e ansiosa, cuidando ser sua filha que chegava. Coitada! A esse rápido lampejo de esperança sucedia o mais triste desengano, como ao clarão do relâmpago sucede o horror das trevas, em noite de tormenta.

Assim passou a noite, rezando e fazendo promessas a todos os santos do céu para que lhe restituíssem sua filha. Ao primeiro albor do dia não se levantou, não, que não se deitara, mas foi abrir a porta.

Seu pé esbarrou em um objeto que estava justamente no meio da soleira da porta. Apanhou-o; era uma bolsa cheia de ouro.

Contemplou-a, examinou-a por alguns instantes com ar de espanto e desconfiança; depois atirou-a outra vez ao chão e benzeu-se.

– Cruzes! credo! Santa Maria Eterna!... murmurou a velha, benzendo-se de novo. Donde me virá este ouro? Eu antes queria achar minha filha do que quanto ouro há neste mundo... Mas isto... continuou ela, refletindo, isto não pode deixar de ser ouro do inferno... É, decerto, da gruta maldita com que sonhou minha pobre filha. O dragão decerto roubou-a e manda-me seu ouro para me consolar! maldito! quero minha filha!... e não teu ouro de maldição!... Mas... se do inferno veio, para o inferno há de voltar.

Ditas estas palavras, apanhou de novo a bolsa e saiu precipitadamente de casa, sem ao menos lembrar-se de fechar a porta.

Havia como a uns mil passos da casinha de Gertrudes um grande e profundíssimo buraco ou fojo, redondo e perpendicular, no meio de uma campina. A boca, de cerca de três braças de diâmetro, era orlada de um cômoro de pedras soltas, e emaranhada de matagal bravio, onde se aninhavam bandos de morcegos e corujas, e servia de covil às jararacas e boiciningas. Sua profundidade ninguém ousara ainda sondar, pois todos tinham medo de achegar-se muito àquele medonho boqueirão, a que chamavam: Garganta do Inferno.

Contava-se uma infinidade de histórias temerosas a respeito daquela tremenda caverna. Diziam que, antigamente, no lugar onde hoje é a caverna, vivia, em um miséravel ranchinho, uma mulher muito velha e muito rica, de quem todos tinham medo, pois era realmente uma bruxa. Em virtude de pacto que fez com o demônio, tomando fortuna com ele, em noite de sexta-feira santa, conseguiu ajuntar muito ouro e obteve o dom de viver cinco idades de homem, contanto que nunca deixou[2] de exercer malefícios e artes diabólicas. De feito ela existia desde tempos imemoriais, e não faltava quem asseverasse que ela tinha mais de quinhentos anos. Mas, uma bela noite, velha e rancho soverteram-se debaixo da terra com pavoroso estrondo, e em lugar dele achou-se no outro dia aquela horrenda caverna.

Asseveram que, em certos dias, ouviam-se lá por baixo bramidos medonhos, uivos e gemidos espantosos, e que a terra estremecia em torno da caverna. As velhas, quando tinham de passar por perto dela, iam a toda pressa, benzendo-se e rezando o credo; muitas delas tinham visto, com seus próprios olhos, o diabo sair de lá na figura de um dragão, no meio de uma fumaça afogueada. Os meninos não se atreviam a chegar perto, pois tinham como certo que lá morava uma enorme serpente negra, com olhos de fogo.

---

2. Grafado "deixasse" nas edições de 1900 e [1945].

Foi para esse lugar temeroso que se encaminhou Gertrudes, quando, a passos precipitados, saiu de casa com a bolsa na mão. A despeito do terror que lhe inspirava aquele sítio, avizinhou-se quanto pôde do horrível boqueirão e, de mais longe que lhe foi possível, arrojou a bolsa dentro da voragem.

– Toma, Satanás, bradou ela, não quero o teu ouro; guarda-o para ti e para os teus. Quero minha filha!... em nome de Deus e da Virgem Maria, restitui-me minha filha e deixa-me em paz.

Fez o sinal-da-cruz e voltou para a casa, ainda mais depressa do que tinha vindo, e sem nunca olhar para trás.

Quando chegou, encontrou Daniel, que, tendo achado a casa aberta e vazia, esperava sua tia ao limiar da porta.

– Minha tia, bradou ele de longe, mal avistou Gertrudes, minha tia!... que desgraça foi esta?... então que notícia me dá dela?... que é feito da prima Lina?...

– Não sei, Daniel, não sei dela, respondeu a triste mãe arquejando de cansaço; desgraçada de mim!... E atirou-se sobre um banco e desatou a chorar.

Daniel apenas soubera do desaparecimento de sua prima, notícia que, desde a véspera, se derramara por todas aquelas imediações, correu à casa de sua tia para ajudá-la a procurar Lina, para consolá-la em suas aflições, e valer-lhe no que pudesse.

– Tenha ânimo, minha tia, disse-lhe ele. O caso ainda não é para desesperar. Em vez de estarmos aqui a nos lastimar embalde, vamos procurá-la ainda. Se a terra a não engoliu, viva ou morta ela há de aparecer por força.

– Assim Deus permita!... mas é debalde; já não tenho esperança... está me parecendo que a infeliz... ah! Deus de misericórdia! Virgem Santa!... tal não permitais...

– Mas o quê, minha tia!...

– Está me parecendo que o demônio a levou para... a Garganta do Inferno. O capeta há muito tempo que a andava tentando e armando-lhe laços. Desgraçada! foi-se meter lá, direitinho, como sapo na boca da cobra.

– Não acredite nisso, minha tia; então Lina estava doida?!...

– Doida, bem doida que ela andava; o cão maldito já lhe tinha virado de todo o juízo. Andava pateteando por esses campos, à procura de uma maldita gruta de ouro, que, por artes do diabo, se lhe encasquetou nos miolos por tal forma que não pensava em outra coisa.

Não se está vendo, Daniel, que tudo isto não é senão armadilha do diabo?...

– Eu sei lá, minha tia; tudo pode ser; mas em todo caso não devemos perder tempo, nem descoroçoar ainda. Vamos, minha tia, vamos; toca a procurar.

Daniel empregou todas as diligências possíveis para achar a pobre menina durante oito dias, sem o menor resultado. Não houve gruta, capão, vala, sarandi, furna, fojo, barroca, que não visitasse e esquadrinhasse com todo cuidado, uma légua em derredor. Onde quer que visse pairando os urubus, lá corria a ver se ao menos encontrava o cadáver da mísera. Tempo perdido!... por fim, desanimado, Daniel disse a Gertrudes:

– Ah! minha tia! minha tia!... ninguém me tira da cabeça que alguém roubou sua filha... se eu pudesse saber quem é o infame roubador... às vezes quer me parecer que não é senão o filho do guarda-mor, aquele moço ricaço...

– O filho do guarda-mor!... eu sei... mas não é possível; ele nunca viu Lina e nem pára aí em suas lavras; anda sempre lá por Vila Rica.

– Então Lina derreteu-se, minha tia?

– Não sei, não sei, Daniel; mas quanto mais penso, mais me persuado de uma cousa... é lá, é lá, que ela está.
– Lá onde?
– Na Garganta do Inferno.

Daniel ficou abismado em sua tristeza, e quase que já acreditava que Lina tinha com efeito caído na Garganta do Inferno.

No fim de oito dias, Gertrudes, ao abrir a porta pela manhã, tornou a encontrar na soleira uma bolsa cheia de ouro, igual à primeira.

Dinheiro do inferno! exclamou benzendo-se; vai-te; não te quero, vai-te para donde vieste. E, apanhando a bolsa, correu como da primeira vez a arrojá-la na Garganta do Inferno.

Gertrudes, abandonando-se à dor e ao desalento, já por fim nada fazia senão lastimar sua desgraça e chorar a perda de sua filha. Já não trabalhava; as forças lhe faltavam; o corpo alquebrado vergava ao peso dos sofrimentos da alma. Vendeu a pouca criação que tinha e mais alguns objetos de que não tinha grande necessidade, para poder ir vivendo sem pedir esmolas até o termo de seus dias, que contava não estar longe. Evitava a sociedade, e passava os dias, ora encerrada em casa, ora vagueando à toa pelos campos a resmungar e a falar consigo mesma.

– Lina! Lina! minha filha, tu procuravas o que não perdeste, e achaste; e eu que procuro o que perdi, nunca mais te hei de achar, minha filha!...

Esta a exclamação que fazia de contínuo, com voz tão angustiada que cortava o coração. Os vizinhos e conhecidos, que a viam naquele estado, a princípio tentaram consolá-la e procurar alguma diversão a seus sofrimentos; mas vendo que eram baldados seus esforços, e reputando-a já em estado de loucura, força lhes foi abandoná-la ao seu isolamento e aflição. Só o bom e dedicado Daniel nunca cessou de vir à casa dela prestar-lhe socorros e consolá-la do melhor modo que podia.

Assim passaram-se seis meses, durante os quais, de oito em oito dias, Gertrudes sempre, ao abrir a porta pela manhã, encontrava na soleira uma bolsa com uma soma avultada de ouro, e sempre lhe dava o mesmo destino: a Garganta do Inferno.

Nunca lhe foi possível descobrir a mão misteriosa que ali vinha depositar aquele dinheiro. Gertrudes não se atrevia a espreitar aquele mistério; tinha medo de encontrar o diabo em pessoa; e também nunca quis revelar aquele segredo, nem mesmo a Daniel. Receava com razão que se opusessem a que ela desse àquela bolsa o costumado destino, e não queria que ninguém se aproveitasse daquele ouro maldito, o qual estava certa que era um presente de Satanás.

Capítulo V
O desencanto

A casa do moço que roubara Lina, o qual era o próprio filho do guarda-mor de quem Daniel falara a sua tia, era num recanto, encostada à falda de uma colina, para o lado de Itacolomi, cerca de meia légua distante da casinha de Gertrudes. Aí o opulento mancebo possuía riquíssimas lavras que explorava com a avidez da ambição e a vigilância do avaro. A entrada em suas terras era absolutamente vedada aos habitantes de Lavras Novas, e bem se vê que a vontade do filho de um guarda-mor, naqueles tempos, não podia deixar de ser restritamente obedecida. Os escravos que trabalhavam nas minas, rigorosamente feitorizados, não podiam ter relação alguma, nem de simples conversa, com os moradores do lugar, e tinham ordem de agarrar e levar à presença do senhor qualquer estranho que encontrassem dentro de seus domínios.

À pequena distância das lavras e das senzalas dos negros estava a casa da residência do moço. Como todas as construções portuguesas daquele tempo, nada oferecia de artístico e elegante; tinha as janelas guarnecidas de fortes balaústres, e tapadas de miúdas gelosias ou rótulas que nunca se abriam, à maneira de um convento de freiras, o que lhe dava, no exterior, uma aparência triste e sombria[3]. Dentro, porém, havia todo asseio, conforto e luxo que era possível naquela época e naquele lugar. Por detrás da casa havia mesmo um pátio muito asseado, povoado de aves domésticas, e um lindo jardim, mas rodeado de tão altos muros, que não era possível vê-los do lado de fora.

Foi para aquela espécie de claustro que o jovem mineiro conduziu a simples e leviana Lina. Depois de introduzi-la e atravessar duas ou três salas, abriu com uma grossa chave a porta de um gabinete particular, e disse sorrindo para Lina:

— Eis aqui a gruta de ouro que andavas procurando, minha linda menina; eu sou o prín-

---

3. Na 1ª ed., não há a palavra "aparência", acrescentada nas edições seguintes.

cipe encantado com quem sonhastes. O condão do meu encantamento ali está.

Dizendo isto, o moço apontava para uma grande mesa que estava no meio do gabinete, e em cima da qual brilhavam uma multidão de barras de ouro puríssimo, folhetas reluzentes, pilhas de moedas e enormes cartuchos de pó de ouro.

– Tudo isto é teu, menina, continuou o moço; serás a fada desta gruta, e ninguém poderá quebrar o condão de nosso encanto, porque é de ouro.

Lina corou, abaixou os olhos, suspirou e nada respondeu...

Um dia se passou, e o orvalho da pureza tinha se secado no seio daquela linda e singela flor-do-campo. Cumpre todavia observar, em abono dos sentimentos de Lina, que ela se rendeu enlevada mais pela gentileza e maneiras sedutoras do mancebo do que pela fascinação que, porventura, nela produziu a vista de seus magníficos tesouros. Desde que o viu, começou a amá-lo, e talvez mesmo o amava antes de vê-lo, pois era o retrato do príncipe com quem sonhara e que tão gravado lhe andava na fantasia. A afeição dela por seu primo Daniel, afeição infantil e fraternal, estava longe de tomar as proporções de uma paixão, e nem lhe passou pelo pensamento que essa afeição pudesse servir de estorvo moral ao seu amor pelo mancebo. Amava pela primeira vez, e com toda a exaltação e energia de uma mocinha dotada de imaginação ardente e de profunda e viva sensibilidade. Seu coração de criança acordava como por encanto do sono da inocência, nos braços de uma paixão exaltada e fogosa. Seu sonho de ouro se havia transformado em delírio de amor.

Lina, embriagada pelas carícias do amante que a cercava de adoração, reduzida pelas delícias de um luxo para ela extraordinário e deslumbrante, nos primeiros dias quase esqueceu-se de sua pobre mãe, que tão cruelmente havia abandonado.

Passados porém alguns dias, teve saudade dela e sentiu o remorso picar-lhe o coração; declarou ao mancebo que queria ir ver sua mãe.

– Mais tarde, minha querida, respondeu-lhe ele. Tua mãe deve estar muito enfadada contigo; não te disse ela que não aparecesses mais em sua presença, se uma vez saísses?... deixa que se aplaque o seu ressentimento; daqui a uns dias eu mesmo te levarei.

A moça esperou resignada ainda muitos dias; mas seu amante esquecido nem tocava em tal negócio. Vendo o seu silêncio, ela insistiu:

– Quero ver minha mãe, dizia ela, embora ela ralhe, embora me espanque e me amaldiçoe mesmo; quero ver minha pobre mãe.

– Ela não te deixará voltar, minha querida Lina, redarguia o jovem; e posso eu porventura passar sem ti? tu não podes ter cuidado de tua mãe, pois bem sabes que todos os oito dias lhe mando uma soma dez vezes mais do que seria preciso para pô-la a coberta de necessidades, sem que ela saiba donde lhe vem o donativo.

– Oh! e se ela soubesse... nem que lhe dessem todo o ouro do mundo, ela o rejeitava, e com raiva, como se tivesse recebido uma desfeita. Pobre mãe!... Permita Deus que ela nunca o saiba.

– Consola-te e tranqüiliza-te, minha amiga; ela nunca o poderá saber.

– Mas então, nunca mais devo vê-la?... por piedade, pelo nosso amor, deixa-me ir abraçá-la; não me demorarei muito; ela morrerá de saudade se não me enxergar mais.

– Não te inquietes, minha querida; hás de ver tua mãe, eu te prometo; mas hás de vê-la de rosto erguido e a fronte serena. Para esse fim é preciso legitimar o nosso amor, casando-nos; é isso o que pretendo fazer, minha adorada Lina.

Um sorriso de inefável felicidade brilhou nos lábios da menina; sem dizer palavra atirou-se nos braços do mancebo, o cobriu de beijos e chorou de prazer.

– Mas... disse Lina, passada aquela doce emoção, quando será isso? por que não pode ser já?...

– Porque por ora meu pai não quer consentir; quer que me case com alguma rica e ilustre fidalga, como se eu não tivesse riqueza e fidalguia bastante para repartir com a escolhida de meu coração.

– Oh! como és bom para mim, exclamou Lina, apertando-o de novo nos braços; mas teu pai... como te arranjarás com ele?... tenho medo que nunca queira consentir...

– Deixa por minha conta, menina; eu saberei vencê-lo; mas é preciso que tenhas paciência e esperes ainda.

– Pois bem! esperarei, disse a menina pulando de contentamento e de esperança com a promessa do mancebo, promessa que, naquele momento, talvez fosse sincera; mas a paixão no coração dos moços, mormente quando são fidalgos e ricos, é como uma lâmpada exposta a todos os ventos.

O jovem fidalgo, durante os quatro primeiros meses, foi o amante mais terno, mais carinhoso, mais assíduo aos pés de sua bela. Mas, do quarto mês em diante, começou a esfriar gradualmente, a escassear suas carícias, e a fazer repetidas ausências para Vila Rica. Lina o percebeu e, cheia de susto e inquietação, queixou-se a seu amante, exprobando-lhe brandamente o resfriamento de sua ternura. Mas, para desvanecer as suas suspeitas, foram bastantes algumas desculpas mais ou menos críveis. Lina tranqüilizou-se um pouco; mas o comportamento de seu amante continou na mesma, ou cada vez mais frio.

Lina, que tinha admirável instinto e inteligência das mais perspicazes, compreendeu que já não era mais amada, e esta convicção foi um golpe de morte para aquela organização em extremo sensível e irritável. Viu que estavam irremediavelmente despedaçadas suas esperanças, e que só lhe restava, no futuro, o mais amargo e ignominioso infortúnio. Um dia, pois, disse resolutamente ao mancebo:

— Meu senhor, vejo que já não me quer bem, já o estou enfadando; é escusado querer disfarçar... Desgraçada de mim! tenho toda a certeza... mas eu mesma sou culpada... não me queixo do senhor... fui uma louca... uma filha da maldição!... Deixe-me; quero ir para a casa de minha mãe... se ela não me quiser, o mundo é grande; e se não achar onde viva, não me faltará onde caia morta...

Falando assim, com a voz entrecortada de soluços, pálida e convulsa, Lina fazia supremos esforços para conter as lágrimas de indignação e angústia que estavam prestes a rebentar.

O mancebo a princípio quis ainda conservá-la na ilusão, e tentou balbuciar algumas desculpas; mas vendo a atitude firme e a resolução inabalável da moça, mudou de tom e disse-lhe:

— Lina, já que assim me falas, não devo nem posso por mais tempo encobrir-te a verdade. Meu pai não quer por forma nenhuma consentir em nosso casamento. Não há razões, instâncias, nem súplicas que o possam vergar. Mas, ah! minha querida Lina, ainda isto não é tudo; quer, exige por força que me case com uma outra moça que escolheu para mim, e se eu o não fizer, ameaça-me de me deixar sem um real, pois saberás agora que nada disto me pertence, é tudo dele, embora eu tudo administre em meu nome. Ainda não tenho vinte anos completos; os meus bens, por ora, e mesmo a minha pessoa estão debaixo de seu poder. Eis aí por que me tens visto assim triste e reservado para contigo. Perdoa-me; não sabes quanto dói-me este golpe; mas desgraçadamente não há meio de desviá-lo; não há remédio senão resignarmo-nos. Mas, Lina, ao menos não consentirei que sofras os vexames da miséria. Toma, Lina; recebe este último dom de meu afeto e meu amor. Recebe; é o último favor que te peço.

Dizendo isto, abriu um armário, tirou dele uma grande e recheada bolsa, e colocou-a sobre a mesa, junto à qual Lina se achava sentada. Lina levantou-se pálida e trêmula, sopesou a bolsa, que mal podia suspender, e atirou-a aos pés do mancebo.

– Nem todo o ouro do mundo, senhor, é capaz de pagar a minha felicidade e a minha inocência para sempre perdidas! exclamou Lina com voz sufocada de raiva, de despeito e de vergonha. Ah! meu Deus! meu Deus! além de me atraiçoar, ainda me vem desfeitear!... ó minha mãe, minha pobre mãe!... estou pagando a ingratidão que te fiz!... filha amaldiçoada que eu sou!...

Debruçou-se sobre a mesa e, ocultando o rosto entre os braços, desatou numa torrente de lágrimas e soluços. Mas não durou muito esse pranto; Lina tinha a alma altiva, orgulhosa e vingativa, e estes sentimentos, que agora pela primeira vez nela se revelavam, fizeram explosão com terrível violência.

Apenas estancou-se a torrente das lágrimas, o moço, condoído de sua angústia, lançou-se aos pés dela, dando ainda desculpas e pedindo perdão. Em vez de escutá-lo, Lina refletia. Procurou acalmar-se, fingiu ouvi-lo com atenção, e, pouco a pouco, foi se mostrando mais conformada com a sua sorte.

– Pensa em minha posição, continuou o moço com voz meiga, e estou certo de que me perdoarás. Consola-te, minha querida; tudo neste mundo se remedeia; eu nunca te abandonarei, nem a ti nem a tua mãe; és muito linda e muito menina, ainda podes ser muito feliz. Hoje me é preciso ir a Vila Rica; amanhã cedo estarei de volta, e eu mesmo quero levar-te a tua mãe, e pedir-lhe perdão para mim e para ti.

O mancebo não conhecia Gertrudes, e pensava que era uma dessas almas, como há tantas, que, vendo luzir o ouro, estão prontas a perdoar todos os ultrajes.

Capítulo VI
Vingança

Depois que o jovem fidalgo partiu, Lina ficou pensando não em perdoar-lhe, mas em tomar dele a mais cabal e mais cruel vingança por tamanha aleivosia e tão desapiedado abandono. Dotada de paixões enérgicas, suas resoluções eram prontas e decisivas. Queria vingar-se e depois morrer. Tão cruelmente abandonada por seu amante, pelo príncipe de suas visões por quem estava sacrificando sua infeliz mãe com cuja maldição contava, não queria mais viver neste mundo. Depois de estar pensativa por algum tempo, imóvel e com a mão na testa, ergueu subitamente a cabeça com os olhos radiantes e como inspirada de uma feliz idéia.

Levantou-se ansiosa e ofegante, dirigiu-se à alcova de dormir, e abriu a gaveta de um móvel.

– Bravo! bravo! exclamou com riso de satânica alegria, bravo!... deixou a chave!... estou vingada!...

O moço, que há tempos andava perdido de amores por uma nobre e formosa donzela de Vila Rica, pela qual ia se esquecendo de Lina e com quem em breve pretendia se casar, nem pensou no grave perigo que corria, deixando tão imprudentemente a chave de seus tesouros em poder de uma rapariga a quem acabava de trair e ultrajar de modo tão atroz. Também ele só conhecia Lina quando amante feliz e adorada, sempre meiga, singela, inofensiva, e incapaz até de pensar no mal; e estava longe de suspeitar a que excessos era capaz de arrojar-se aquela simples e tímida criatura, levada pela força da paixão e do ressentimento. Nem ele, nem pessoa alguma, nem ela, a própria Lina, conhecia ainda a têmpera inflexível de sua alma.

Lina nunca teve grande vontade de sair daquela casa onde tinha achado tanto amor e felicidade, senão para ver sua mãe.

Ali cercada das carícias incessantes de seu amante, embalada por suas promessas, deixava ir correndo o tempo na doce esperança de vê-la um dia sem corar e sem temer a sua maldição.

Agora, porém, que pela primeira vez tentou sair, é que conheceu a rigorosa reclusão em que se achava. Quando foi pedir à única escrava, que a servia naquela casa, a chave da porta da saída, a escrava recusou-lha, declarando que tinha ordem terminante de a não deixar sair a hora nenhuma da noite nem do dia. Em vão Lina protestou que só queria ir ver sua mãe, que voltaria nessa mesma noite; em vão esgotou súplicas e promessas, e lhe fez luzir aos olhos bonitas e graúdas moedas. A escrava foi inexorável.

Lina não desanimou... mas como haver-se para pôr em prática o plano que tinha concebido?... As paredes eram grossas e de pedra e cal até o teto, as janelas eram guarnecidas todas de fortes balaústres. Mas Lina era viva e sutil como uma sílfide. Como uma sombra invisível e impalpável, ela acompanhou todos os passos da negra até que se acomodasse, sem que a negra o percebesse. Viu onde guardava a chave, e, quando a negra adormeceu, roubou-a sutilmente. Vencida esta primeira e principal dificuldade, foi abrir com toda a precaução o gabinete em que se achavam os tesouros do mancebo e, pegando neles, os foi lançando para fora aos punhados por entre os balaústres de uma das janelas da frente, até que não ficasse nem uma oitava de ouro. O mesmo fez com todos os objetos e vasos de ouro que achou na casa. Depois abriu de manso e cautelosamente a porta exterior e saiu.

A Garganta do Inferno ficava a meio caminho entre as lavras do mancebo e a casa de Gertrudes, cerca de um quarto de légua de umas e de outra. Eram nove para dez horas da noite; a escrava dormia profundamente. Do ouro que tinha despejado pela janela, Lina agarrou a maior porção que podia carregar, e correu com ele para a Garganta do Inferno, e arrojou tudo no fogo maldito. As corujas e morcegos, batendo as asas espantadas, esvoaçaram pelo matagal, a boicininga sacudiu o seu chocalho, e um mugido medonho reboou nas profundidades da sinistra caverna.

– Vai-te, ouro amaldiçoado! exclamou Lina ao atirar no buraco o ouro de seu amante. Vai-te para o inferno donde vieste para minha perdição e de minha mãe!

Voltou de novo à casa do mancebo, e nova porção de ouro carregou e atirou no buraco maldito. Assim continuou a fazer em repetidas viagens, e não descansou um segundo enquanto não viu sumir-se na horrenda voragem até o último grão de ouro. Por fim arrancou brincos, pulseiras, anéis e colares de ouro que trazia em si, e depois de arrojar tudo ao fogo, pálida, desalinhada, arquejante de cansaço, assentou-se sobre uma pedra exclamando:

– Estou vingada!

Assim todo aquele ouro que robustos braços, com insano trabalho, gastaram anos a extrair das entranhas da terra, em duas ou três horas uma frágil moça sepultou-o outra vez no seio dela.

Quando Lina terminou sua horrível tarefa, era meia-noite. Nessa hora o seu sedutor, em um salão de baile, descuidoso e ébrio de prazer, beijava a mão de sua futura esposa, dizendo-lhe os mais ternos galanteios e afagando na mente mil projetos de amor e de ventura.

Capítulo VII
A última noite

Extenuada e reduzida à última prostração de corpo e de alma, Gertrudes, a essa hora, debruçada sobre seu pobre leito, rezava ou antes delirava à luz de uma candeia. Era a noite ao alvorecer da qual tinha de encontrar ao limiar a infalível bolsa de ouro.

Nessa noite tinha visões terríveis, e mais do que nas outras pungiam-lhe as amarguras do coração.

Já passava de meia-noite. O vento em lúgubres lufadas ninava em torno da casa; a coruja *corta-mortalha*, esvoaçando por cima do telhado, fez ouvir três vezes o seu guincho estridente como de um pano que se rasga; o galo três vezes bateu asas e não cantou. Terríveis agouros! A pobre velha estava transida de angústias e de pavor. Súbito ouve bater de leve à porta; a velha estremeceu, mas, em vez de ir abrir, encolheu-se toda no canto da cama a benzer-se e a rezar.

– Decerto, pensou ela, é o demônio, que desta vez quer me entregar em mão própria o seu ouro maldito. Virgem Santa, valei-me!

Daí a alguns instantes ouve bater de novo, e uma voz meiga, mas arquejante e repassada de angústia, exclamou de fora:

– Minha mãe!... minha mãe!... abra a porta.

– Minha filha! bradou Gertrudes, e, despenhando-se da cama, correu cambaleando como uma ébria a abrir a porta.

Mal esta se abriu:

– Minha mãe!... clamou Lina, e precipitou-se com os braços abertos para Gertrudes...

Por longo tempo estiveram nos braços uma da outra a chorar e a soluçar. Depois de chorar muito, Lina desenlaçou-se dos braços de sua mãe, pôs-lhe as mãos sobre os ombros, e fitou por alguns instantes aquele rosto macilento e desfigurado à fraca luz da candeia.

– Pobre de minha mãe, coitada! como está magra e desfeita! tudo isso por culpa minha!... filha má, filha de maldição, que eu sou!...

Dizendo isto, Lina arrojou-se de joelhos aos pés de sua mãe, soltando de novo o dique às lágrimas e exclamando:

– Perdão, minha mãe! perdão para sua desgraçada filha!

Gertrudes levantou-a, beijou-a na fronte e inundou-a de lágrimas.

– Estou perdoada, não estou, minha mãe?

– Sim, minha filha; perdoada, mil vezes perdoada. Assim Deus e a Virgem te perdoem. Mas, conta-me, minha filha, que andaste fazendo tanto tempo longe de tua mãe? que demônio tentou-te para assim me fugires?...

– Ah! minha mãe!... foi a gruta... aquela maldita gruta de ouro!... achei-a para minha desgraça. Mas a gruta de ouro é a porta do inferno, minha mãe.

– Santo Deus!... não te dizia eu, minha filha!... em que perigo andaste, coitadinha! Mas, Deus louvado!... estás livre das garras de Satanás, e nunca mais sairás de perto de tua mãe, não é assim, minha Lina?...

Lina não respondeu; estava distraída, percorrendo com os olhos todos os cantos da casa.

– Minha mãe, que é isto?... exclamou ela. Quanta miséria! Ainda a vejo em maior pobreza do que quando daqui saí!

– Pois minha filha, eu sozinha, velha e doente, que podia fazer? Vendi o melhor que tinha para poder passar os poucos dias cansados que ainda me restam.

– Mas, minha mãe, todos os oito dias não lhe aparecia uma bolsa cheia de ouro, que lhe mandavam lá da... gruta do inferno?...

– Virgem Santa!... era de lá mesmo que me vinha esse ouro!? bem me adivinhava o coração!... minha filha, esse ouro amaldiçoado minhas mãos não o tocavam; voltou inteirinho para lá – Gertrudes apontava para a Garganta do Inferno – para o lugar donde veio...

– Para onde, minha mãe?...

– Para o inferno!

– Ah! meu Deus!... pobre mãe desgraçada!... e eu lá, no meio do ouro e do prazer, esqueci-me dela, e a deixei sozinha, morrendo de miséria e de pesar. Oh! eu sou maldita!...

– Não, minha filha; eu já te perdoei e abençoei...

– Não mereço mais bênção, nem perdão... sou do inferno; sou de Satanás...

– Não fales assim, filha; grande é a misericórdia de Deus. De ora em diante ficarás sempre ao pé de mim, até que cerres meus olhos quando vier o sono da morte, que não tardará muito.

– Não, minha mãe; não posso. Esperam-me na gruta, eu sou de lá; a ela pertenço em corpo e alma. Antes que o dia aponte, eu devo me achar lá. Adeus, minha mãe!

– Pois tem ânimo de deixar-me ainda, minha filha?

– Eu não sou digna de ser mais sua filha... ah! minha mãe!... perdoe-me... não está em mim... sou arrastada... adeus, minha mãe, adeus!...

– Onde vais, filha?...

– Para a gruta maldita.

E assim dizendo foi saindo pela porta afora, com passos convulsos e os olhos desvairados como uma possessa.

– Ai de mim! exclamou a pobre mãe na maior consternação; o demônio está no corpo de minha filha, não há a menor dúvida. Ah! meu Deus! não haver aqui um padre!... Espera, Lina, espera; eu também vou... ainda que vás para o inferno, Deus me perdoe, eu hei de te acompanhar.

– Não venha, minha mãe; não venha...

– Ou hás de ficar comigo, ou hei de acompanhar-te onde quer que fores.

– Pois vamos; já que por força o quer, vamos, minha mãe.

E saíram ambas.

Lina, que estava ainda em todo seu vigor, enlaçava o braço em volta da cintura de sua mãe, e lhe sustinha os passos vacilantes. A noite até então escuríssima, começava a clarear um pouco. Um escasso luar rasgava as nuvens carregadas que cobriam o céu, e alumiava apenas o estreito trilho por onde seguiam aquelas duas infelizes mulheres, cambaleando e tropeçando como duas filhas do lupanar ao saírem de uma orgia.

– Mas para onde vamos, minha filha? perguntou Gertrudes com surpresa, apenas tinham andado algumas centenas de passos.

– Para a gruta de ouro, minha mãe; já não lhe disse?...

E continuavam a caminhar silenciosamente.

Algumas centenas de passos mais adiante Gertrudes perguntou, cada vez mais surpreendida:

– Para onde me levas, Lina?... este é o caminho da Garganta do Inferno!...

– É para lá mesmo que vamos, minha mãe. Lá está ela, a gruta do ouro!...

– Estás doida, minha filha! ali é a goela do inferno. Fujamos, fujamos daqui.

– Vamos, minha mãe; é para lá que eu tenho de ir sem remédio.

Gertrudes, atônita e aterrada, ia-se deixando conduzir quase automaticamente por sua filha.

Chegadas enfim à borda do fojo sinistro, Lina estendeu o braço apontando para ele e disse:

– Olha, minha mãe, é aqui. Esta é hoje a minha gruta de ouro. Aqui sepultei ainda agora todo o ouro que havia na outra gruta. Esse ouro foi a causa da minha perdição e da tua, minha pobre mãe. Aqui também devo ficar sepultada com ele.

– Que estás dizendo, filha!... aqui!... aqui!... foi aqui também que atirei todo o ouro que vinha de tua maldita gruta. Ainda bem que para lá se foi todo esse ouro; era ouro do demônio, voltou para seu dono. Fujamos, Lina, fujamos daqui antes que ele nos carregue para esse buraco.

– Vai, minha mãe, vai embora. Eu, triste de mim! ainda que queira, não posso arredar pé daqui. É a gruta do meu primeiro sonho... Olha... olha, minha mãe... lá está a serpente de fogo.

Dizendo isto, Lina, pendida sobre o abismo, com os braços estendidos para ele, tinha os olhos estatelados, e todo o corpo lhe tremia convulsivamente como caniço açoitado de rija ventania. O delírio lhe escaldava o cérebro.

Gertrudes, assustada, procurou agarrá-la; mas Lina não lhe deu tempo. Sem arredar os pés do lugar em que os tinha, sempre com os braços estendidos, voltou-se para sua mãe:

– Adeus, minha mãe! disse com voz surda, e arrojou-se no abismo.

Gertrudes soltou um grito horroroso, deu duas passadas vacilantes, e, com os braços estendidos, achou-se na mesma posição e atitude em que um momento antes se achava sua filha. Queria arrojar-se também, mas um horror invencível a detinha; parecia que duas forças a empuxavam em sentido contrário, e a conservavam suspensa à borda do abismo.

De súbito uma mão vigorosa, agarrando-a por detrás, arrancou-a daquele lugar tremendo, e a foi levando nos braços. Mas para logo, esse que a salvou e a ia conduzindo, notou que aquele corpo ainda agora tão rijo, aqueles membros hirtos e tendidos desfaleciam e pendiam, frouxos, para a terra.

Reparou com mais atenção, e viu que não tinha nos braços mais que um cadáver.

Conclusão

Daniel, que apesar do malogro de todos os esforços que empregara para achar Lina, ainda não tinha de todo perdido as esperanças, na noite em que sucedeu a catástrofe que acabamos de narrar, andava rondando, como era seu costume, pelos campos de Lavras Novas, a ver se o acaso ou a misericórdia divina lhe deparava algum indício pelo qual viesse ao conhecimento do fim que levara sua infeliz prima. Nunca se desvanecera de todo a desconfiança que concebera de ter sido ela raptada pelo filho do guarda-mor; por isso era quase sempre para as imediações das lavras deste que dirigia as suas excursões noturnas.

Nessa noite fatal, ele avistou de longe, à luz do frouxo luar que então havia, aqueles dois vultos de mulher, como dois espectros, aproximando-se da Garganta do Inferno. O coração lhe estremeceu alvoroçado; teve o pressentimento de uma grande desgraça; correu para elas; mas o desgraçado apenas chegou a tempo de presenciar o fim funesto de ambas.

Todavia, enquanto rompia os espinhos e o matagal do lado por onde chegava, teve tempo de ouvir as últimas palavras de Lina e de sua mãe.

Essas palavras, um pouco obscuras e misteriosas, se explicaram depois perfeitamente no espírito de Daniel, quando, no dia seguinte, se propalou por todas aquelas imediações o fato espantoso do desaparecimento de Lina, com todos os tesouros do filho do guarda-mor. Divulgando porém o fim trágico das duas infelizes mulheres, guardou para si o segredo do destino que tiveram as riquezas do jovem mineiro. Assombrado com o que presenciara, acabava também de capacitar-se de que aquela caverna era verdadeiramente a boca do inferno.

É fácil conceber qual seria a desesperação do filho do guarda-mor quando, ao chegar de Vila Rica, soube do desaparecimento de Lina com todos os seus tesouros. Ordenou devassas as mais minuciosas, inquiriu todos os habitantes, fez promessas esplêndidas e ameaças terríveis, deu buscas rigorosas em todas as casas em uma légua em derredor, e nada conseguiu. Milagre!... castigo de Deus! murmurava o povo espantado com tal acontecimento. Quando o infeliz mancebo, depois de ter esgotado todos os meios possíveis sem o menor resultado, sem descobrir o menor indício que o pudesse orientar na descoberta de seus tesouros, perdeu toda esperança, desatinou-se, e a razão o abandonou de todo. Chamou os escravos e mandou entulhar a boca de todas as minas. Voltou a casa sozinho, e atacou fogo a todos os edifícios de seu rico estabelecimento. Depois, com os cabelos hirtos, os vestidos em desordem, com os olhos desvairados e a fisionomia de um possesso, saiu a correr pelo campo afora, até que, de propósito ou por acaso, achou-se perto da caverna fatal, chamada Garganta do Inferno. Ali, sempre em carreira disparada, foi girando, girando em redor dela, cada vez se avizinhando mais, como se fosse arrebatado por um redemoinho, até que desapareceu no medonho boqueirão.

O povo acreditou que o demônio o tinha carregado.

Se os habitantes de Lavras Novas olhavam com horror para aquela furna fatal, depois dos tristes acontecimentos que acabamos de narrar ainda maior horror lhe criaram. Daniel, ciente de tudo e assombrado com o que tinha visto, foi a Mariana dar parte ao bispo dos horríveis mistérios daquela caverna, que era causa de tremendas desgraças naquele lugar. Nessa caverna – asseverava Daniel –, morava o diabo em pessoa, e por isso vinha pedir ao santo prelado algum auxílio para afugentar dali o cão maldito que parecia querer arrastar para os infernos todos os habitantes de Lavras Novas.

O bispo mandou lá um padre que, com preces, exorcismos e água-benta, conseguiu enxotar o diabo e exortou ao povo que, a todo custo, entupisse aquele buraco maldito e fizesse todos os esforços para que naquele lugar de dores se erigisse um templo a Nossa Senhora dos Prazeres.

O povo pôs mãos à obra com ardor. A princípio deitaram dentro do fojo todas as pedras que lhe ficavam à beira.

Despejaram depois, além de carradas e carradas de pedra, toda a qualidade de entulho, durante quinze dias. Desde a manhã até a noite viam-se homens, mulheres e crianças, que vinham de todos os lados lançar no medonho sorvedouro, um uma pedra, outro um pau, outro uma gamela de terra, ou um jacá de cisco, até que o buraco ficou de todo entulhado.

Daniel mandou cobrir o entulho com uma lajem, na qual lavrou toscamente a picão a letra S, e cobriu-a de terra.

Cremos que quer dizer: SEGREDO.

Quem o descobrirá?...

FIM DA GARGANTA DO INFERNO

A DANÇA DOS OSSOS

I

A noite, límpida e calma, tinha sucedido a uma tarde de pavorosa tormenta, nas profundas e vastas florestas que bordam as margens do Parnaíba, nos limites entre as províncias de Minas e de Goiás.

Eu viajava por esses lugares e acabava de chegar ao porto, ou recebedoria, que há entre as duas províncias. Antes de entrar na mata, a tempestade tinha me surpreendido nas vastas e risonhas campinas que se estendem até a pequena cidade de Catalão, de onde eu havia partido.

Seriam nove a dez horas da noite; junto a um fogo aceso defronte da porta da pequena casa da recebedoria, estava eu, com mais algumas pessoas, aquecendo os membros resfriados pelo terrível banho que a meu pesar tomara. A alguns passos de nós se desdobrava o largo veio do rio, refletindo em uma chispa retorcida, como uma serpente de fogo, o clarão avermelhado da fogueira. Por trás de nós estavam os cercados e as casinhas dos poucos habitantes desse lugar, e, por trás dessas casinhas, estendiam-se as florestas sem fim.

No meio do silêncio geral e profundo sobressaía o rugido monótono de uma cachoeira próxima, que ora estrugia como se estivesse a alguns passos de distância, ora quase se esvaecia em abafados murmúrios, conforme o correr da viração.

No sertão, ao cair da noite, todos tratam de dormir, como os passarinhos. As trevas e o silêncio são sagrados ao sono, que é o silêncio da alma.

Só o homem nas grandes cidades, o tigre nas florestas, o mocho nas ruínas, as estrelas no céu e o gênio na solidão do gabinete costumam velar nessas horas que a natureza consagra ao repouso.

Entretanto, eu e meus companheiros, sem pertencermos a nenhuma dessas classes, por uma exceção de regra estávamos acordados a essas horas.

Meus companheiros eram bons e robustos caboclos, dessa raça semi-selvática e nômade, de origem dúbia entre o indígena e o africano, que vagueia pelas infindas florestas que correm ao longo do Parnaíba, e cujos nomes, decerto, não se acham inscritos nos assentos das freguesias, e nem figuram nas estatísticas que dão ao império... não sei quantos milhões de habitantes.

O mais velho deles, de nome Cirino, era o mestre da barca que dava passagem aos viandantes.

De bom grado eu o compararia a Caronte, barqueiro do Averno, se as ondas turbulentas e ruidosas do Parnaíba, que vão quebrando o silêncio dessas risonhas solidões cobertas da mais vigorosa e luxuriante vegetação, pudessem ser comparadas às águas silenciosas e letárgicas do Aqueronte.

– Meu amo decerto saiu hoje muito tarde da cidade? perguntou-me ele.

– Não, era apenas meio-dia. O que me atrasou foi o aguaceiro, que me pilhou em caminho. A chuva era tanta e tão forte o vento que meu cavalo quase não podia andar. Se não fosse isso, ao pôr-do-sol eu estava aqui.

— Então, quando entrou na mata, já era noite?...

— Oh!... se era!... Já tinha anoitecido havia mais de uma hora.

— E vosmecê não viu aí, no caminho, nada que o incomodasse?...

— Nada, Cirino, a não ser às vezes o mau caminho e o frio, pois eu vinha ensopado da cabeça até os pés.

— Deveras, não viu nada, nada? é o primeiro!... pois hoje que dia é?...

— Hoje é sábado.

— Sábado!... que me diz? e eu na mente que hoje era sexta-feira!... oh! senhorinha!... eu tinha precisão de ir hoje ao campo buscar umas linhas que encomendei para meus anzóis, e não fui, porque esta minha gentinha de casa me disse que hoje era sexta-feira... e esta!... e hoje, com esta chuva, era dia de pegar muito peixe... Oh! senhorinha!... gritou o velho com mais força.

A este grito apareceu, saindo de um casebre vizinho, uma menina de oito a dez anos, fusca e bronzeada, quase nua, bocejando e esfregando os olhos; mas que mostrava ser uma criaturinha esperta e viva como uma capivara.

— Então, senhorinha, como é que tu vais me dizer que hoje era sexta-feira?... ah! cachorrinha! deixa-te estar, que amanhã tu me pagas... então hoje que dia é?...

— Eu também não sei, papai, foi a mamãe que me mandou que falasse que hoje era sexta...

— É o que tua mãe sabe te ensinar; é a mentir!... deixa, que vocês outra vez não me enganam mais. Sai daqui: vai-te embora dormir, velhaquinha!

Depois que a menina, assim enxotada, se retirou, lançando um olhar cobiçoso sobre umas espigas de milho verde que os caboclos estavam a assar, o velho continuou:

— Veja o que são artes de mulher! a minha velha é muito ciumenta, e inventa todos os modos de não me deixar um passo fora daqui. Agora não me resta um só anzol com linha, o último lá se foi esta noite na boca de um dourado; e, por culpa dessa gente, não tenho maneiras de ir matar um peixe para meu amo almoçar amanhã!...

— Não te dê isso cuidado, Cirino; mas conta-me que te importava que hoje fosse sexta ou sábado, para ires ao campo buscar as tuas linhas?...

– O quê!... meu amo? eu atravessar o caminho dessa mata em dia de sexta-feira?!... é mais fácil eu descer por esse rio abaixo em uma canoa sem remo!... não era à toa que eu estava perguntando se não lhe aconteceu nada no caminho.

– Mas que há nesse caminho?... conta-me, eu não vi nada.

– E nem podia ver: o que lhe valeu foi não ser hoje sexta-feira, senão havia de ver como eu vi...

– Mas ver o quê, Cirino?...

– Vosmecê não viu, daqui a obra de três quartos de légua, à mão direita de quem vem, um meio claro na beirada do caminho, e uma cova meio aberta com uma cruz de pau?

– Não reparei; mas sei que há por aí uma sepultura de que se contam muitas histórias.

– Pois muito bem! aí nessa cova é que foi enterrado o defunto Joaquim Paulista. Mas é a alma dele só que mora aí: o corpo mesmo, esse anda espatifado aí por essas matas, que ninguém mais sabe dele.

– Ora valha-te Deus, Cirino! não te posso entender. Até aqui eu acreditava que, quando se morre, o corpo vai para a sepultura, e a alma para o céu, ou para o inferno, conforme as suas boas ou más obras. Mas, com o teu defunto, vejo agora, pela primeira vez, que se trocaram os papéis: a alma fica enterrada, e o corpo vai passear.

– Vosmecê não quer acreditar!... pois é coisa saída aqui, em toda esta redondeza, que os ossos de Joaquim Paulista não estão dentro dessa cova, e que só vão lá nas sextas-feiras para assombrar os viventes; e desgraçado daquele que passar aí em noite de sexta-feira!...

– Que acontece?...

– Acontece o que já me aconteceu, como vou lhe contar.

II

Um dia, há de haver coisa de dez anos, eu tinha ido ao campo, à casa de um meu compadre que mora daqui a três léguas.

Era uma sexta-feira, ainda me lembro, como se fosse hoje.

Quando montei no meu burro para vir-me embora, já o sol estava baixinho; quando cheguei na mata, já estava escuro; fazia um luar manhoso, que ainda atrapalhava mais a vista da gente.

Já eu ia entrando na mata, quando me lembrei que era sexta-feira. Meu coração deu uma pancada e a modo que estava me pedindo que não fosse para diante. Mas fiquei com vergonha de voltar. Pois um homem já de idade como eu, que desde criança estou acostumado a varar por esses matos a toda hora do dia ou da noite, hei de agora ter medo? de quê?

Encomendei-me de todo o coração a Nossa Senhora da Abadia, tomei um bom trago na guampa que trazia sortida na garupa, joguei uma masca de fumo na boca, e toquei o burro para diante. Fui andando, mas sempre cismado; todas as histórias que eu tinha ouvido contar da cova de Joaquim Paulista estavam-se me representando na idéia; e ainda, por meus pecados, o diabo do burro não sei o que tinha nas tripas, que estava a refugar e a passarinhar numa toada.

Mas, a poder de esporas, sempre vim varando. À proporção que ia chegando perto do lugar onde está a sepultura, meu coração ia ficando pequenino. Tomei mais um trago, rezei o Creio em Deus Padre, e toquei para diante. No momento mesmo em que eu ia passar pela sepultura, que eu queria passar de galope e voando se fosse possível, aí é que o diabo do burro dos meus pecados empaca de uma vez, que não houve força de esporas que o fizesse mover.

Eu já estava decidido a me apear, largar no meio do caminho burro com sela e tudo, e correr para a casa; mas não tive tempo. O que eu vi, talvez vosmecê não acredite; mas eu vi, como estou vendo este fogo; vi com estes olhos, que a terra há de comer, como comeu os do pobre Joaquim Paulista... mas os dele nem foi a terra que comeu, coitado! foram os urubus e os bichos do mato. Dessa feita acabei de acreditar que ninguém morre de medo; se morresse, eu lá estaria até hoje fazendo companhia ao Joaquim Paulista. Cruz!... Ave Maria!...

Aqui o velho fincou os cotovelos nos joelhos, escondeu a cabeça entre as mãos e pareceu-me que resmungou uma Ave-Maria. Depois acendeu o cachimbo e continuou:

– Vosmecê, se reparasse, havia de ver que aí o mato faz uma pequena aberta da banda, em que está a sepultura do Joaquim Paulista.

A lua batia de chapa na areia branca do meio da estrada. Enquanto eu estou esporeando com toda a força a barriga do burro, salta lá, no meio do caminho, uma cambada de ossinhos brancos, pulando, esbarrando uns nos outros, e estalando numa toada certa, como gente que está dançando ao toque de viola. Depois, de todos os lados, vieram vindo outros ossos maiores, saltando e dançando da mesma maneira.

Por fim de contas, veio vindo lá, de dentro da sepultura, uma caveira branca como papel, e com os olhos de fogo; e dando pulos como sapo, foi se chegando para o meio da roda. Daí começam aqueles ossos todos a dançar em roda da caveira, que estava quieta no meio, dando de vez em quando pulos no ar, e caindo no mesmo lugar, enquanto os ossos giravam num corrupio, estalando uns nos outros, como fogo da queimada, quando pega forte num sapezal.

Eu bem queria fugir, mas não podia; meu corpo estava como estátua, meus olhos estavam pregados naquela dança dos ossos, como sapo quando enxerga cobra; meu cabelo, enroscado como vosmecê está vendo, ficou em pé como espetos.

Daí a pouco os ossinhos mais miúdos, dançando, dançando sempre e batendo uns nos outros, foram se ajuntando e formando dois pés de defunto.

Esses pés não ficam quietos, não; e começam a sapatear com os outros ossos numa roda-viva. Agora são os ossos das canelas, que lá vêm saltando atrás dos pés, e de um pulo, trás!... se encaixam em cima dos pés. Daí a um nada vêm os ossos das coxas, dançando em roda das canelas, até que, também de um pulo, foram-se encaixar direitinho nas juntas dos joelhos. Toca agora as duas pernas que já estão prontas a dançar com os outros ossos.

Os ossos dos quadris, as costelas, os braços, todos esses ossos que ainda agora saltavam espalhados no caminho, a dançar, a dançar, foram pouco a pouco se ajuntando e embutindo uns nos outros, até que o esqueleto se apresentou inteiro, faltando só a cabeça. Pensei que nada mais teria que ver; mas ainda me faltava o mais feio. O esqueleto pega na caveira e começa a fazê-la rolar pela estrada, e a fazer mil artes e piruetas; depois entra a jogar peteca com ela, e a atirá-la pelos ares mais alto, mais alto, até o ponto de fazê-la sumir-se lá pelas nuvens; a caveira gemia zunindo pelos ares, e vinha estalar nos ossos da mão do esqueleto, como uma espoleta que rebenta. Afinal o esqueleto escanchou as pernas e os braços, tomando toda a largura do caminho, e esperou a cabeça, que veio cair direito no meio dos ombros, como uma cabaça oca que se rebenta em uma pedra, e olhando para mim com os olhos de fogo!...

Ah! meu amo!... eu não sei o que era feito de mim!... eu estava sem fôlego, com a boca aberta, querendo gritar e sem poder, com os cabelos espetados; meu coração não batia, meus olhos não pestanejavam. O meu burro mesmo estava a tremer e encolhia-se todo, como quem queria sumir-se debaixo da terra. Oh! se eu pudesse fugir naquela hora, eu fugia ainda que tivesse de entrar pela goela de uma sucuri adentro.

Mas ainda não contei tudo. O maldito esqueleto do inferno – Deus me perdoe! –, não tendo mais nem um ossinho com quem dançar, assentou de divertir-se comigo, que ali estava sem pingo de sangue, e mais morto do que vivo, e começa a dançar defronte de mim, como essas figurinhas de papelão que as crianças, com uma cordinha, fazem dar de mão e de pernas; vai-se chegando cada vez mais para perto, dá três voltas em roda de mim, dançando e estalando as ossadas; e por fim de contas, de um pulo, encaixa-se na minha garupa...

Eu não vi mais nada depois; fiquei atordoado. Pareceu-me que o burro saiu comigo e com o maldito fantasma, zunindo pelos ares, e nos arrebatava por cima das mais altas árvores.

Valha-me Nossa Senhora da Abadia e todos os santos da corte celeste! gritava eu dentro do coração, porque a boca essa nem podia piar. Era à toa; desacorçoei, e pensando que ia por esses ares nas unhas de Satanás, esperava a cada instante ir estourar nos infernos. Meus olhos se cobriram de uma nuvem de fogo, minha cabeça começou a andar a roda, e não sei mais o que foi feito de mim.

Quando dei acordo de mim, foi no outro dia, na minha cama, a sol alto.

Quando a minha velha, de manhã cedo, foi abrir a porta, me encontrou no terreiro, estendido no chão, desacordado, e o burro selado perto de mim.

A porteira da manga estava fechada; como é que esse burro pôde entrar comigo para dentro, é que não sei. Portanto ninguém me tira da cabeça que o burro veio comigo pelos ares.

Acordei com o corpo todo moído, e com os miolos pesando como se fossem de chumbo, e sempre com aquele maldito estalar de ossos nos ouvidos, que me perseguiu por mais de um mês.

Mandei dizer duas missas pela alma de Joaquim Paulista, e jurei que nunca mais havia de pôr meus pés fora de casa em dia de sexta-feira.

III

O velho barqueiro contava esta tremenda história de modo mais tosco, porém muito mais vivo do que eu acabo de escrevê-la, e acompanhava a narração de uma gesticulação selvática e expressiva e de sons imitativos que não podem ser representados por sinais escritos. À hora avançada, o silêncio e a solidão daqueles sítios, teatro desses assombrosos acontecimentos, contribuíram também grandemente para torná-los quase visíveis e palpáveis. Os caboclos, de boca aberta, o escutavam com olhos e ouvidos transidos de pavor, e de vez em quando, estremecendo, olhavam em derredor pela mata, como que receando ver surgir o temível esqueleto a empolgar e levar pelos ares alguns deles.

– Com efeito, Cirino! disse-lhe eu, foste vítima da mais pavorosa assombração de que há exemplo, desde que andam por este mundo as almas do outro. Mas quem sabe se não foi a força do medo que te fez ver tudo isso? Além disso, tinhas ido muitas vezes à guampa, e talvez ficasses com a vista turva e a cabeça um tanto desarranjada...

— Mas, meu amo, não era a primeira vez que eu tomava o meu gole, nem que andava de noite por esses matos, e como é que eu nunca vi ossos de gente dançando no meio do caminho?...

— Os teus miolos é que estavam dançando, Cirino; disso estou eu certo. Tua imaginação, exaltada a um tempo pelo medo e pelos repetidos beijos que davas na tua guampa, é que te fez ir voando pelos ares nas garras de Satanás. Escuta; vou te explicar como tudo isso te aconteceu muito naturalmente. Como tu mesmo disseste, entraste na mata com bastante medo, e, portanto, disposto a transformar em coisas do outro mundo tudo quanto confusamente vias no meio de uma floresta frouxamente alumiada por um luar escasso. Acontece ainda para teu mal que, no momento mais crítico, quando ias passando pela sepultura, empaca-te o maldito burro. Faço idéia de como ficaria essa pobre alma, e até me admiro de que não visses coisas piores!

— Mas então que diabo eram aqueles ossos a dançarem, dançarem tão certo, como se fosse a toque de música, e aquele esqueleto branco, que me trepou na garupa e me levou por esses ares?

– Eu te digo. Os ossinhos que dançavam não eram mais do que os raios da lua, que vinham peneirados por entre os ramos dos arvoredos balançados pela viração, brincar e dançar na areia branca do caminho. Os estalos, que ouvias, eram sem dúvida de alguns porcos do mato, ou outro qualquer bicho, que andavam ali por perto a quebrar nos dentes cocos de baguaçu, o que, como bem sabes, faz uma estralada dos diabos.

– E a caveira, meu amo?... decerto era alguma cabaça velha que um rato do campo vinha rolando pela estrada...

– Não era preciso tanto; uma grande folha seca, uma pedra, um toco, tudo te podia parecer uma caveira naquela ocasião.

Tudo isto te fez andar à roda a cabeça azoinada, e o mais tudo que viste foi obra de tua imaginação e de teus sentidos perturbados. Depois, qualquer coisa, talvez um maribondo que o picou.

– Maribondo de noite!... ora, meu amo!... exclamou o velho com uma gargalhada.

– Pois bem!... fosse o que fosse; qualquer outra cousa ou capricho de burro, o certo é que o teu macho saiu contigo aos corcovos; ainda que atordoado, o instinto da conservação fez que te agarrasses bem à sela, e tiveste a felicidade de vir dar contigo em terra mesmo à porta de tua casa, e eis aí tudo.

O velho barqueiro ria com a melhor vontade, zombando de minhas explicações.

– Qual, meu amo, disse ele, réstia de luar não tem parecença nenhuma com osso de defunto, e bicho do mato, de noite, está dormindo na toca, e não anda roendo coco.

E pode vosmecê ficar certo de que, quando eu tomo um gole, aí é que minha vista fica mais limpa e o ouvido mais afiado.

– É verdade, e, a tal ponto, que até chegas a ver e ouvir o que não existe.

– Meu amo tem razão; eu também, quando era moço, não acreditava em nada disso por mais que me jurassem. Foi-me preciso ver para crer; e Deus o livre a vosmecê de ver o que eu já vi.

– Eu já vi, Cirino; já vi, mas nem assim acreditei.

– Como assim, meu amo?...

– É que nesses casos eu não acredito nem nos meus próprios olhos, senão depois de estar bem convencido, por todos os modos, de que eles não me enganam.

Eu te conto um caso que me aconteceu[1].

Eu ia viajando sozinho – por onde não importa –, de noite, por um caminho estreito, em um cerradão fechado, e vejo ir, andando a alguma distância diante de mim, qualquer cousa, que na escuridão não pude distinguir. Aperto um pouco o passo para reconhecer o que era, e vi clara e perfeitamente dois pretos carregando um defunto dentro de uma rede.

Bem poderia ser também qualquer criatura viva, que estivesse doente ou mesmo em perfeita saúde; mas, nessas ocasiões, a imaginação, não sei por que, não nos representa senão defuntos. Uma aparição daquelas, em lugar tão ermo e longe de povoação, não deixou de me causar terror.

---

1. Há um uso curioso dos travessões, conforme aparecem na 1ª. ed. A fala do narrador em primeira pessoa, quando em diálogo com Cirino, geralmente vem precedida por travessão; quando o narrador assume a palavra por um longo trecho, o mesmo procedimento não ocorre, embora devesse ocorrer, por se tratar também de diálogo com Cirino. A solução canhestra do original parece enfatizar o desdobramento do narrador em personagem e narrador.

Contudo o caso não era extraordinário; carregar um cadáver em rede, para ir sepultá-lo em algum cemitério vizinho, é cousa que se vê muito nestes sertões, ainda que àquelas horas o negócio não deixasse de se tornar bastante suspeito.

Piquei o cavalo para passar adiante daquela sinistra visão que me estava incomodando o espírito, mas os condutores da rede também apressaram o passo, e se conservavam sempre na mesma distância.

Pus o cavalo a trote; os pretos começaram também a correr com a rede. O negócio ia se tornando mais feio. Retardei o passo para deixá-los adiantarem-se; também foram indo mais devagar. Parei; também pararam. De novo marchei para eles; também se puseram a caminho.

Assim andei por mais de meia hora, cada vez mais aterrado, tendo sempre diante dos olhos aquela sinistra aparição que parecia apostada em não me querer deixar, até que, exasperado, gritei-lhes que me deixassem passar ou ficar atrás, que eu não estava disposto a fazer-lhes companhia. Nada de resposta!... o meu terror subiu de ponto, e confesso que estive por um nada a dar de rédea para trás a bom fugir.

Mas negócios urgentes me chamavam para diante; revesti-me de um pouco de coragem que ainda me restava, cravei as esporas no cavalo, e investi para o sinistro vulto a todo galope. Em poucos instantes o alcancei de perto e vi... adivinhem o que era?... nem que dêem volta ao miolo um ano inteiro, não são capazes de atinar com o que era. Pois era uma vaca!...

– Uma vaca!... como!...

– Sim, senhores, uma vaca malhada, que tinha a barriga toda branca – era a rede; e os quartos traseiros e dianteiros inteiramente pretos – eram os dois negros que a carregavam. Pilhada por mim naquele caminho estreito, sem poder desviar nem para uma banda nem para outra, porque o mato era um cerradão inteiramente tapado, o pobre animal ia fugindo diante de mim; se eu parava, também parava, porque não tinha necessidade de viajar; se eu apertava o passo, lá ia ela também para diante, fugindo de mim. Entretanto, se eu não fosse reconhecer de perto o que era aquilo, ainda hoje havia de jurar que tinha visto naquela noite dois pretos carregando um defunto em uma rede, tão completa era a ilusão. E depois, se quisesse indagar mais do negócio, como era natural, sabendo que nenhum cadáver se tinha enterrado em toda aquela redondeza, havia de ficar acreditando de duas uma: ou que aquilo era cousa do outro mundo, ou, o que era mais natural, que algum assassinato horrível e misterioso tinha sido cometido por aquelas criaturas.

A minha história nem de leve abalou as crenças do velho barqueiro, que abanou a cabeça e disse-me, chasqueando:

– A sua história está muito bonita; mas, perdoe que lhe diga, eu por mais escura que estivesse a noite e por mais que eu tivesse entrado no gole, não podia ver uma rede onde havia uma vaca; só pelo faro eu conhecia. Meu amo decerto tinha poeira nos olhos. Mas vamos que vosmecê, quando investiu para os vultos, em vez de esbarrar com uma vaca, topasse mesmo uma rede carregando um defunto, que este defunto saltando fora da rede lhe pulasse na garupa e o levasse pelos ares com cavalo e tudo, de modo que vosmecê não desse acordo de si, senão no outro dia em sua casa e sem saber como?... havia de pensar, ainda, que eram abusões?

– Esse não era o meu medo; o que eu temia era que aqueles negros acabassem ali comigo, e, em vez de um, carregassem na mesma rede dois defuntos para a mesma cova!

O que dizes era impossível.[2]

– Impossível!... e como é que me aconteceu?... Se não fosse tão tarde, para vosmecê acabar de crer, eu lhe contava por que motivo a sepultura de Joaquim Paulista ficou sendo assim mal-assombrada. Mas meu amo viajou; há de estar cansado da jornada e com sono.

– Qual sono!... conta-me; vamos a isso.

– Pois vá escutando.

IV

O tal Joaquim Paulista era um cabo do destacamento que naquele tempo havia aqui no Porto. Era bom rapaz e ninguém tinha queixa dele.

Havia aqui, também, por este tempo, uma rapariga, por nome Carolina, que era o desassossego de toda a rapaziada.

Era uma caboclinha escura, mas bonita e sacudida como ela aqui ainda não pisou outra; com uma viola na mão, a rapariga tocava e cantava que dava gosto; quando saía para o meio de uma sala, tudo ficava de queixo caí-

---

2. Aqui, novamente, falta o travessão na 1ª ed. e nas subseqüentes.

do; a rapariga sabia fazer requebrados e sapateados, que era um feitiço. Em casa dela, que era um ranchinho ali da outra banda, era súcia[3] todos os dias; e também todos os dias havia soldados de castigo por amor de barulhos e desordens.

Joaquim Paulista tinha uma paixão louca pela Carolina; mas ela andava de amizade com um outro camarada, de nome Timóteo, que a tinha trazido de Goiás, ao qual queria muito bem. Vai um dia, não sei que diabo de dúvida tiveram os dois, que a Carolina se desapartou do Timóteo e fugiu para a casa de uma amiga, aqui no campo. Joaquim Paulista, que há muito tempo bebia os ares por ela, achou que a ocasião era boa, e tais artes armou, tais agrados fez à rapariga, que tomou conta dela. Ah! pobre rapaz!... se ele adivinhasse, nem nunca teria olhado para aquela rapariga. O Timóteo, quando soube do caso, urrou de raiva e de ciúme; ele estava esperando que, passados os primeiros arrufos da briga, ela o viria procurar se ele não fosse buscá-la, como já de outras vezes tinha acontecido. Mas desta vez tinha se enganado.

---

3. Na 1ª ed. aparece "era súcias", corrigido aqui para "era súcia".

A rapariga estava por tal sorte embeiçada com o Joaquim Paulista, que de modo nenhum quis saber do outro, por mais que ele rogasse, teimasse, chorasse e ameaçasse mesmo de matar uma ou outro. O Timóteo desenganou-se, mas ficou calado e guardou seu ódio no coração.

Estava esperando uma ocasião.

Assim passaram-se meses, sem que houvesse novidade. O Timóteo vivia em muito boa paz com o Joaquim Paulista, que, tendo muito bom coração, nem de leve cismava que seu camarada lhe guardasse ódio.

Um dia, porém, Joaquim Paulista teve ordem do comandante do destacamento para marchar para a cidade de Goiás. Carolina, que era capaz de dar a vida por ele, jurou que havia de acompanhá-lo. O Timóteo danou. Viu que não era possível guardar para mais tarde o cumprimento de sua tenção danada, jurou que ele havia de acabar desgraçado, mas que Joaquim Paulista e Carolina não haviam de ir viver sossegados longe dele, e assim combinou, com outro camarada, tão bom ou pior do que ele, para dar cabo do pobre rapaz.

Nas vésperas da partida, os dois convidaram ao Joaquim para irem ao mato caçar. Joaquim Paulista, que não maliciava nada, aceitou o convite, e no outro dia, de manhã, saíram os três a caçar pelo mato. Só voltaram no outro dia de manhã, mas dois somente; Joaquim Paulista, esse tinha ficado, Deus sabe onde.

Vieram contando, com lágrimas nos olhos, que uma cascavel tinha mordido Joaquim Paulista em duas partes, e que o pobre rapaz, sem que eles pudessem valer-lhe, em poucas horas tinha expirado no meio do mato; que não podendo carregar o corpo, porque era muito longe, e temendo que não o pudessem encontrar mais, e que os bichos o comessem, o tinham enterrado lá mesmo; e, para prova disso, mostravam a camisa do desgraçado, toda manchada de sangue preto envenenado.

Mentira tudo!... O caso foi este, como depois se soube.

Quando os dois malvados já estavam bem longe por essa mata abaixo, deitaram a mão no Joaquim Paulista, o agarraram, e amarraram em uma árvore. Enquanto estavam nesta lida, o coitado do rapaz, que não podia resistir àqueles dois ursos, pedia por quantos santos há que não judiassem com ele, que não sabia que mal tinha feito a seus camaradas, que se era por causa da Carolina, ele jurava nunca mais pôr os olhos nela, e iria embora para Goiás, sem ao menos dizer-lhe adeus. Era à toa. Os dois malvados nem ao menos lhe davam resposta.

O camarada de Timóteo era mandingueiro e curado de cobra, pegava aí no mais grosso jararacuçu ou cascavel, as enrolava no braço, no pescoço, metia a cabeça delas dentro da boca, brincava e judiava com elas de toda a maneira, sem que lhe fizessem mal algum. Na hora em que ele enxergava uma cobra, bastava pregar os olhos nela, a cobra não se mexia do lugar. Acima de tudo, o diabo do soldado sabia um assovio com que chamava cobra, quando queria.

A hora que ele dava esse assovio, se havia por ali perto alguma cobra, havia de aparecer por força. Dizem que ele tinha parte com o diabo, e todo mundo tinha medo dele como do próprio capeta.

Depois que amarraram bem amarrado o pobre Joaquim Paulista, o camarada do Timóteo desceu pelas furnas de uns grotões abaixo, e andou por lá muito tempo, assoviando o tal assovio que ele conhecia. O Timóteo ficou de sentinela ao Joaquim Paulista, que estava caladinho, coitado! encomendando sua alma a Deus. Quando o soldado voltou, trazia em cada uma das mãos, apertado pela garganta, um cascavel mais grosso do que esta minha perna. Os bichos desesperados batiam e se enrolavam pelo corpo do soldado, que nessa hora devia estar medonho que nem o diabo.

Então o Joaquim Paulista compreendeu que qualidade de morte lhe iam dar aqueles dois desalmados. Pediu, rogou, mas debalde, que, se queriam matá-lo, pregassem-lhe uma bala na cabeça, ou enterrassem-lhe uma faca no coração por piedade, mas não o fizessem morrer de um modo tão cruel.

— Isso querias tu, disse o soldado, para nós irmos para a forca! nada! estas duas meninas é que hão de carregar com a culpa de tua morte; para isso é que fui buscá-las; nós não somos carrascos.

— Joaquim, disse o Timóteo, faze teu ato de contrição e deixa-te de histórias.

— Não tenhas medo, rapaz!... continua o outro. Estas meninas são muito boazinhas; olha como elas estão me abraçando!... Faze de conta que são os dois braços da Carolina, que vão te apertar num gostoso abraço...

Aqui o Joaquim põe-se a gritar com quanta força tinha, a ver se alguém acaso podia ouvi-lo e acudir-lhe. Mas, sem perder tempo, o Timóteo pega num lenço e atocha-lhe na boca; mais que depressa o outro atira-lhe por cima os dois bichos, que no mesmo instante o picaram por todo o corpo. Imediatamente mataram as duas cobras, antes que fugissem. Não levou muito tempo, o pobre rapaz estrebuchava, dando gemidos de cortar o coração, e deitava sangue pelo nariz, pelos ouvidos e por todo o corpo.

Quando viram que o Joaquim já quase não podia falar, nem mover-se, e que não tardava a dar o último suspiro, desamarraram-no, tiraram-lhe a camisa, e o deixaram aí perto das duas cobras mortas.

Saíram e andaram todo o dia, dando voltas pelo campo.

Quando foi anoitecendo, embocaram pela estrada da mata e vieram descendo para o porto. Teriam andado obra de uma légua, quando enxergaram um vulto, que ia andando adiante deles, devagarinho, encostado num pau e gemendo.

– É ele, disse um deles espantado; não pode ser outro.

– Ele!... é impossível... só por um milagre.

– Pois eu juro em como não é outro, e nesse caso toca a dar cabo dele já.

– Que dúvida!

Nisto adiantaram-se e alcançaram o vulto.

Era o próprio Joaquim Paulista!

Sem mais demora socaram-lhe a faca no coração, e deram-lhe cabo dele já.

— Agora como há de ser? diz um deles, não há remédio senão fugir, senão estamos perdidos...

— Qual fugir! o comandante talvez não cisme nada; e no caso que haja alguma cousa, estas cadeiazinhas desta terra são nada para mim... Portanto vai tu escondido, lá embaixo no porto, e traz uma enxada; enterremos o corpo aí no mato; e depois diremos que morreu picado de cobra.

Isto dizia o Timóteo, que, com o sentido na Carolina, não queria perder o fruto do sangue que derramou.

Com efeito assim fizeram; levaram toda a noite a abrir a sepultura para o corpo, no meio do mato, de uma banda do caminho que, nesse tempo, não era por aí, passava mais arredado. Por isso não chegaram, senão no outro dia de manhã.

— Mas, Cirino, como é que Joaquim pôde escapar das mordeduras das cobras, e como se veio a saber de tudo isso?...

— Eu já lhe conto, disse o velho.

E depois de fazer uma pausa para acender o cachimbo, continuou:

– Deus não queria que o crime daqueles amaldiçoados ficasse escondido. Quando os dois soldados deixaram por morto o Joaquim Paulista, andava por aquelas alturas um caboclo velho, cortando palmitos. Aconteceu que, passando por aí não muito longe, ouviu voz de gente, e veio vindo com cautela a ver o que era; quando chegou a descobrir o que se estava passando, frio e tremendo de susto, o pobre velho ficou espiando de longe, bem escondido numa moita, e viu tudo, desde a hora em que o soldado veio da furna com as cobras na mão. Se aqueles malditos o tivessem visto ali, tinham dado cabo dele também.

Quando os dois se foram embora, então o caboclo, com muito cuidado, saiu da moita e veio ver o pobre rapaz, que estava morre não morre!... O velho era mezinheiro muito mestre, e benzedor, que tinha fama em toda a redondeza.

Depois que olhou bem o rapaz, que já com a língua perra não podia falar, e já estava cego, andou catando pelo mato umas folhas que ele lá conhecia, mascou-as bem, cuspiu a saliva nas feridas do rapaz, e depois benzeu bem benzidas elas todas, uma por uma.

Quando foi daí a uma hora, já o rapaz estava mais aliviado, e foi ficando cada vez melhor, até que, enfim, pôde ficar em pé, já enxergando alguma coisa.

Quando foi podendo andar um pouco, o caboclo cortou um pau, botou na mão dele, e veio com ele, muito devagar, ajudando-o a caminhar até que, a muito custo, chegaram na estrada.

Aí o velho disse:

– Agora você está na estrada, pode ir indo sozinho com seu vagar, que daqui a nada você está em casa. Amanhã, querendo Deus, eu lá vou vê-lo outra vez. Adeus, camarada; Nossa Senhora te acompanhe.

O bom velho mal pensava que, fazendo aquela obra de caridade, ia entregar outra vez à morte aquele infeliz a quem acabava de dar a vida. Um quarto de hora mais que se demorasse, Joaquim Paulista estava escapo. Mas o que tinha de acontecer estava escrito lá em cima.

Não bastava ao coitado do Joaquim Paulista ter sido tão infeliz em vida, a infelicidade o perseguiu até depois de morto.

O comandante do destacamento, que não era nenhum samora[4], desconfiou do caso. Mandou prender os dois soldados, e deu parte na vila ao juiz, que daí a dois dias veio com o escrivão para mandar desenterrar o corpo. Vamos agora saber onde é que ele estava enterrado. Os dois soldados, que eram os únicos que podiam saber, andavam guiando a gente para uns rumos muito diferentes, e como nada se achava, fingiam que tinham perdido o lugar.

Bateu-se mato um dia inteiro sem se achar nada.

Afinal de contas os urubus e que vieram mostrar onde estava a sepultura. Os dois soldados tinham enterrado mal o corpo. Os urubus pressentiram o fétido da carniça e vieram se ajuntar nas árvores em redor. Desenterrou-se o corpo, e via-se então uma grande facada no peito, do lado esquerdo. O corpo já estava apodrecendo e com muito mau cheiro. Os que o foram enterrar de novo, aflitos por se verem livres daquela fedentina, mal apenas jogaram à pressa alguns punhados de terra na cova, e deixaram o corpo ainda mais mal enterrado do que estava.

---

4. Na 1ª ed. aparece grafado "samóra". Não encontrei registro do vocábulo em sentido aplicável ao contexto. Suponho que seja usado aí como sinônimo de "tolo".

Vieram depois os porcos, os tatus e outros bichos, cavoucaram a cova, espatifaram o cadáver, e andaram espalhando os ossos do defunto aí por toda essa mata.

Só a cabeça é que, dizem, ficou na sepultura.

Uma alma caridosa, que um dia encontrou um braço do defunto no meio da estrada, levou-o para a sepultura, encheu a cova de terra, socou bem e fincou aí uma cruz. Foi tempo perdido; no outro dia a cova estava aberta tal como estava dantes. Ainda outras pessoas depois teimavam em ajuntar os ossos e enterrá-los bem. Mas no outro dia a cova estava aberta, assim como até hoje está.

Diz o povo que enquanto não se ajuntar na sepultura até o último ossinho do corpo de Joaquim Paulista, essa cova não se fecha. Se é assim, já se sabe que tem de ficar aberta para sempre. Quem é que há de achar esses ossos que, levados pelas enxurradas, já lá foram talvez rodando por esse Parnaíba abaixo?

Outros diziam que, enquanto os matadores de Joaquim Paulista estivessem vivos neste mundo, a sua sepultura havia de andar sempre aberta, nunca os seus ossos teriam sossego, e haviam de andar sempre assombrando os viventes cá neste mundo.

Mas esses dois malvados já há de muito tempo foram dar contas ao diabo do que andavam fazendo por este mundo, e a coisa continua na mesma.

O antigo camarada da Carolina, esse morreu no caminho de Goiás; a escolta que o levava, para cumprir sentença de galés por toda a vida, com medo que ele fugisse, pois o rapaz tinha artes do diabo, assentou de acabar com ele; depois contaram uma história de resistência, e não tiveram nada.

O outro, que era curado de cobra, tinha fugido; mas como ganhava a vida brincando com cobras e matava gente com elas, veio também a morrer na boca de uma delas.

Um dia em que estava brincando com um grande urutu preto, à vista de muita gente que estava a olhar de queixo caído, a bicha perdeu-lhe o respeito, e em tal parte e em tão má hora lhe deu um bote, que o maldito caiu logo estrebuchando, e em poucos instantes deu a alma ao diabo. Deus me perdoe, mas aquela fera não podia ir para o céu. O povo não quis por maneira nenhuma que ele fosse enterrado no sagrado, e mandou atirar o corpo no campo para os urubus.

Enfim eu fui à vila pedir ao vigário velho, que era o defunto padre Carmelo, para vir benzer a sepultura de Joaquim Paulista, e tirar dela essa assombração que aterra todo este povo. Mas o vigário disse que isso não valia de nada; que enquanto não se dissessem pela alma do defunto tantas missas quantos ossos tinha ele no corpo, contando dedos, unhas, dentes e tudo, nem os ossos teriam sossego, nem a assombração acabaria, nem a cova se havia de fechar nunca.

Mas se os povos quisessem, e aprontassem as esmolas, que ele dizia as missas, e tudo ficaria acabado. Agora quem há de contar quantos ossos a gente tem no corpo, e quando é que esses moradores, que são todos pobres como eu, hão de aprontar dinheiro para dizer tanta missa?...

Mas portanto já se vê, meu amo, que o que lhe contei não é nenhum abusão; é cousa certa e sabida em toda esta redondeza. Todo esse povo aí está que não me há de deixar ficar mentiroso.

À vista de tão valentes provas, dei pleno crédito a tudo quanto o barqueiro me contou, e espero que os meus leitores acreditarão comigo, piamente, que o velho barqueiro do Parnaíba, uma bela noite, andou pelos ares montado em um burro, com um esqueleto na garupa.